夕照幽壑

林壑闲云染落霞，群山深处有吾家。

云雾青山

我见青山多妩媚，料青山，见我应如是。

驱车越丘壑，送客上山林

（作者夫妇与农友汪德全儿子彭毅、赵国义儿子杨银华）

路迷苞谷地，林隐故人居

山林候远客，故友迎知青
（农友赵国义从杨家山下来迎接我们）

落霞映古树，归客到山村
（作者妻与农友来到杨家山庭院）

归客不忘无私友，木瓜曾护落魄人

（作者妻在旧居木瓜树下）

断垣遗旧梦，伤感复温馨
（作者一家在插队旧居废墟）

别后重相见，情似秋意浓
（作者与农友彭有清在庭院留影）

雨雪风霜曾与共，江油关下尽苍颜

（后排右一为作者、前排右三为作者妻）

长相思

——王克湘词赋集

王克湘 著

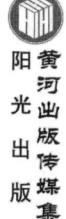
黄河出版传媒集团
阳光出版社

图书在版编目（CIP）数据

长相思:王克湘词赋集 / 王克湘著. -- 银川:阳
光出版社,2024.5. --ISBN 978-7-5525-7302-2

I. I227

中国国家版本馆 CIP 数据核字第 2024H66J60 号

长相思——王克湘词赋集　　　　　　　　　　　　　　王克湘　著

责任编辑　薛　雪　赵维娟
封面设计　科鹏文化
责任印制　岳建宁

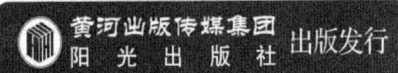

出 版 人　薛文斌
地　　址　宁夏银川市北京东路 139 号出版大厦（750001）
网　　址　http://www.ygchbs.com
网上书店　http://shop129132959.taobao.com
电子信箱　yangguangchubanshe@163.com
邮购电话　0951-5014139
经　　销　全国新华书店
印刷装订　四川科德彩色数码科技有限公司
印刷委托书号　　（宁）0029864

开　　本　700 mm×1000 mm　1/16
印　　张　22.5
字　　数　320 千字
版　　次　2024 年 5 月第 1 版
印　　次　2024 年 5 月第 1 次印刷
书　　号　ISBN 978-7-5525-7302-2
定　　价　68.00 元

自　序

　　这是一本词、赋与楹联的合集，是我留作纪念的书。词的内容是知青生活与山乡风情，这些知青——当然也包括我，是 20 世纪 60 年代上山的，所以人称"老知青"。我们插队的山乡，是四川平武县，那里曾经是龙安府的治所。据我所知，宋词里没有写过知青，似乎也没有写过山里的木匠、改匠和乡民，现在要把这些世俗的内容填入词里，自然就少了写景抒情，多了状物叙事，所以我把这些词名曰"龙安新词"。而赋所写的对象，大都在我的故乡遂宁市，遂宁历史上曾名遂州，这些赋与前人写的赋不大相同，是现代赋，因此我冠名曰"遂州今赋"。词写的是老知青，赋又是老知青所写，合并起来，似乎书名应当叫"老知青词赋"。的确，知青生活的十二个年头，几乎就是我的一生，用"老知青词赋"作书名似乎顺理成章。不过，在知青生活之外，较之于个人经历，显然还有更加有意义的事情——那也是我生活的目标之一，于是最终选定了《长相思》作为这本词赋集的书名。至于楹联，内容既有公园的、也有景点茶楼的，零零星星，数量又少，不宜单独成编，就一并附录于集子里。

　　如前所述，我作知青的时间很长，早就自认为是农民了，但最认同的身份却是木匠，那是我年轻时最热爱的职业。我曾经长时间推刨子，去刨平、刨薄一个桌面，以至手指鸡爪般不能伸直。既然如此，农民不在庄稼地里忙碌，木匠不去刨木凿孔，何以要去填词作赋呢？其中缘由或许一言可尽，只是须进入木匠语境：班门弄斧而已。

　　我记得，从很小的时候开始，我就很喜欢阅读。据一个长辈说，若是从地上拾得一片字纸，我也会瞧许久——当时地上有字的废纸很少。这习惯使我念小学时，经常"光顾"小人儿书摊和新华书店，却忘了功课，自然成绩很糟糕。不过上初中后，成绩却莫名其妙地好起来，学校的图书馆也基本满足了我的阅读爱好。只是这爱好没机会继续下去，因为升学与我无缘，况且那时候，家里穷得像大水漫过的二荒地，除课本外，哪里还有闲钱买书供我阅读？因此直到上山下乡出发时，我所有的行李，只是一个四斤古棉的被盖卷，一只能装两三件衣服的小纸箱，以及一个人人都有的网兜，里面装面盆、漱口盅和毛巾。很显然，并没有装书籍的地方，这有点不像知识青年的样子。然而在林场里——当时叫社办林场，即人民公社兴办的林场，我却见识到了随身携带书籍的、真正的知识青年。顺便说一下，当时的知识青年中，虽有不少高中、初中毕业生，但也不乏文盲或半文盲，爱书如我的人虽然不少，但有书可带的人，确实屈指可数。

有两位带书的知青，稍稍比我年长一些，他们带了很多书，有些书籍又厚又沉。渐渐地，我和他们在一起的时间多起来，争论也多起来。我记得，有一个争论的话头是"白马不是马"。林场很多知青讥笑这个命题，并且开始嘲讽他们，称他们是"读书人"或"书呆子"。空闲的时候，一帮知青便合着节拍，齐声唱道："书，书，书呆子！"有人甚至不怀好意地向他们借书，指明要最厚的，说是打算开会时作凳子用。——不消说，这把他俩"气炸了肺"！

我原本最爱读的是欧美文学作品，然而他俩的藏书，最终却把我引向另一条路。不过在说这件事之前，我得补充说明其中的因缘。我认识的另一个知青，家里藏书颇多——他的父母都是中学教师。有一次我去他家借书，大约是上午九时，却是他吃早餐的时候。他在桌旁一边看书，一边喝粥，并以汤汁代笔，在书上不断留下批注；而那张硕大的八仙桌，均匀地布满了尘土，极方便他书写读书心得。他是一位不为人知的文士。下乡后有一年，他参加大队抬田改土，有人与他打赌，说若是能引得全体改土社员发笑，便输给他十斤饭票。他接受了挑战，跳到路边一块巨石上，先像驴子一般蹦跳，随后发出一阵嘶鸣。社员们全在坡地上干活,坡下那条路,偏偏又是马帮来往的古道,因而没有引起谁注意。但他在驴鸣之后,发出了一串怪异的笑声,这时,社员们终于诧异地回头向下看,正看到他第二轮蹦跳嘶鸣,于是全都乐不可支。——他为什么学驴叫?因为他是文士。东汉文士王粲便极爱学驴叫,他死后,魏文帝曹丕去吊祭,居然要随从都学一声驴叫为他送行。——这是题外话。我在他那儿借过不少书,但最有价值的是一个笔记本,手掌般大,里面抄录的是一些旧体诗词。我印象最深的是温庭筠的《望江南·梳洗罢》和韦庄的《女冠子·四月十七》。我常常思索这些诗句,费力地想要弄明白其中的意思。谁在梳洗?干吗去望江楼?她要等待谁?有特别的帆吗?还有:"不知魂已断,空有梦相随。除却天边月,没人知。"这些美妙忧伤的句子,似乎有一股魔力,让人着迷。总之,它们引起了我的浓厚兴趣。

大约是1973年,我借来"读书人"——他叫邱宽华,可惜英年早逝——两册王力先生主编的《古代汉语》,每到晚上,便凑在墨水瓶作的油灯下,阅读学习。到那一年秋天,霖雨连绵,地里没有什么农活,我便趁机将《平水韵》的常用字抄录下来,为日后的诗词练习提供了不少方便。第二年,公社打算推荐几个知青上工农兵大学,虽然我并不具备条件,但公社书记却要我带头报名,然后自己命题作一篇文章。为省事,我只作了一首五律,送到公社交差。那首五律的题目是:"自命试题开卷有感",律诗如下:

开卷泪沾臆,萤窗怀旧盟。
一朝举笔重,十载弄锄轻。
万里长风浪,千回碧海情。
鲍公成粪土,还听叱牛声。

诗大体上是在茶馆里与知青闲聊时作的,晚上回家后再斟酌定稿。记得最拿不定主意的是颔联中的那个"举"字,因为当用平声,但想想也就罢了。招生的老师把我叫到公社,要我逐句讲解。这是一位戴眼镜的年轻教师,谦虚的态度令人十分敬重。事实上,每一个人的热爱和擅长都不尽相同,一首沙砾般的小诗,拍一拍便会消失在泥土中,居然得到招生老师的重视,这使我既高兴又欣慰,总算没白费气力,没枉学诗。当然,我并未去大学读书,除非读书能挣得工分。

我常常想,读什么书,热爱什么样的学问,多半是一种缘分。我曾热衷于欧美文学,读过一些能够读到的文学书籍。海明威的简洁,福楼拜的准确,安东诺夫的人称转移,《金玫瑰》的积累与提炼,引导我练习过短篇小说。但归根到底,最终却没能将这些兴趣坚持到底。如果你有一个赖以生存的职业,枝枝蔓蔓的事又穷于应付,自然会放弃这些无关痛痒的兴趣。倘若有零零星星的时间,便临时挑一些合胃口的书,东一本西一篇地阅读,时光自然会把它们缀联起来,保存在记忆里。好比羊肉串,零星的肉块串在一起,加调料炙烤一番,自可大快朵颐。我的羊肉串,虽说有一些杂乱,但诗、词、赋或许要偏重一点;并非我在这方面有什么研究,只是因为能缀联的羊肉很少,拿得出来的只有这几样。好比有人喜欢散步,有人喜欢练拳,有人喜欢打麻将一样。事实上,律诗我写得很少,因为中间两联对仗颇费功力;绝句一般也不大收存,胡诌罢了;赋和楹联也不多,都是应邀应景之作。自己比较喜欢的,到底还是长短句。

前人说词有豪放、婉约两派,但又有"以空灵为主,以婉约为宗"的说法。王国维说词有两境:"有我之境""无我之境"。有我之境是"以我观物,故物皆著我之色彩";无我之境是"以物观物,故不知何者为我,何者为物"。而禅宗则早有观物"水月相忘"之境。所谓"宝月流辉,澄潭布影。水无蘸月之意,月无分照之心。"这虽是无我之境,但却有别于无我之境,这是摒弃情尘意垢后的纯粹的直觉直观。关于豪放、婉约,我以为那是个人禀赋与经历使然,不能刻意为之。至于境界,我自己学识肤浅,只是多少知道一点,断不敢侈谈。不过我特别在乎梅尧臣之说:"状难写之景,如在目前;含不尽之意,见于言外。"余一生都在劳作,没有认真读过几本书,自然没能力去追求风格和境界,只是按梅先生之说入手,老老实实努力为之。当然，填词并不是一件轻而易举的事，格律、词韵不说，最大的问题在于：如何以词表现我们当下的真实存在？

我们生活在一个与前人迥然不同的时代。在数千年岁月中，战乱频仍，便有流离失所之悲；朝代更迭，便有国破家亡之恨；路途遥远，便有羁旅之苦；关河阻隔，便有家室之忧；政治昏昧，小人得志，便有君子蒙冤之痛；仕途陟贬，友各东西，便有人生相见不易之概；鱼雁不渡，便有恋人相思之哀；男尊女卑，便有弃妇之怨。细想想，上任、赴考或游历，坐一辆牛车，或骑一匹马，要不就搭乘一楫客船，昼行夜泊，动辄便是数月，历经多少地方，该有多少事迹可写？游历名山大川，徒步跋涉，风景自然看得仔细，感受自然真切，不似如今走马观花，浮光掠影，匆匆留几张照片，便得意非常。出外做官或经商，孤独寂寞，夜里风吹枯叶，雨打芭蕉，勾起无穷的思乡愁绪，不知得多少笔墨来描述。倘若官作到五六品，或许还有歌伎在酒宴上助兴，唱的便是座中文士所写的词，而且现场翩翩起舞，不似如今做作、假唱这般无趣。至于歌伎们的衣袂，必定飘逸潇洒，绝没有袒背露脐般的奇装异服。那曲调要合文士口味，自然得行云流水，不会沦落到无调的说歌。这一切，都为诗人、词人提供了不尽的、适合抒发情怀的材料。再说，那时物质条件落后，少了繁华，就多了纯朴，平添了生活的情趣。当东君莅临大地时，人们结伴踏青，在如茵的芳草地小憩，在疏林中野炊，让炊烟袅袅地飘散在春风里。炎热的夏天，一到傍晚，男人们摇着蒲扇，女子则手持用绢作的团扇，或到野地林下，或在小院池边纳凉，看流萤点点，星光灿烂。秋高气爽的季节，澄空皓月，碧潭秋水，野外蛙鼓，砌下蛩鸣，令人心摇神驰。冬雪封山的日子，房舍里却塘火融融，软语呢喃，或者红泥火炉，好友相对，细烹香茗，漫漱醴酥。那时不由诗意勃发，逸兴遄飞，妙语佳句联袂而至，令人不能自已。然而，那些令丈夫横眉拔刀、文士悲愤掷笔、倩女低眉垂泪、思妇魂销梦断的场景和氛围已不复存在了，如今，我们用什么内容来填词呢？

倘若着眼于当代的日常生活，那么审美情趣又成了一个大问题。任

05

心逍遥,随缘放旷,恬淡适意,豁达知足,恐怕都沾不得一个"俗"字;空灵也罢,婉约也罢,恐怕都离不得一个"雅"字。唐代司空图《诗品·典雅》说:"坐中佳士,左右修竹。"苏东坡说:"无肉令人瘦,无竹令人俗。"他们都挺爱竹,看来有竹才雅,但司空图和东坡的雅竹,是用来观赏的,若是那竹用来编背篼,弄到市场上出售,沾染上了尘世的俗气,自然就不雅了。所以古时的"贩夫走卒""引车卖浆者",现代的村民农妇,以及木匠、改匠这些手艺人,他们的生活当然难伸文士雅怀,进不得高雅的殿堂,难怪宋词不大关注他们。那么,如今倘若我们要重拾古趣,尝试着填几首词,能把他们选作题材吗?

我曾是知青,做过手艺,做过工人,做过企业管理,在办公室度过了漫长的光阴,唯独缺乏高雅生活的经历和情趣,而且记忆又特别无情,竟然抹去了我三十来年衣食无虑、稍微接近"雅"的生活。令我魂牵梦萦的,反倒是年代最久远、最艰苦的劳动和生活场景。记忆常常把我领到漫坡玉米地里,与庄稼汉们一起薅草,一坡欢声笑语,一片金石铿锵;身后"梅咚咚"鼓点不断,"咣当当"锣声震耳;年轻汉子穿着洗净的白衬衫,村姑农妇们则拿出箱底的花布衣裳,好像过节一般。草先生敲一通锣鼓后,悠扬地唱道:

箭竹子,编篱笆,

密处要往稀处押。

人们会心地笑了,大家都明白,草先生这是提醒大家:薅草时切勿扎堆,须疏密有度,彼此保持合适的间距。

我很奇怪,为什么人对艰难困苦总是记忆犹新?细细思量,原来,记忆也有个性,而且十分执拗。它讨厌平淡,喜欢艰难;憎恨奢靡,热爱简朴。它只记那些刻骨铭心的事件,无论是险恶还是苦难;它不排斥愉悦欢乐,但一定是发诸内心的美好情怀。既然如此,我便遵循它的指引,用词的形式、原真地把它们记录下来。至于风格,或是境界,或是空灵婉约,都无须去刻意追求,只要是"真景""真情"就足够了——这是王国维先生主张的。既然我的生活如此,既然记忆只馈赠了这些内容,我便只写这些罢了。一个劳动场面,只是一个劳动场面而已,无须附会,它所蕴含的意义,就在这个劳动场面之中。

关于赋,20世纪90年代初,我尝试写过两篇,一是为一家新开业的商场所写,二是为一本志书代人作序。这都是别人先拟了题目,再由我来完成。没有约请,自然无从动笔。20世纪最末一年的九月下旬,一天晚上,市政府秘书长漆丰突然来电话,要我为新修的体育馆作一篇赋,并须尽快完成。于是我每晚写一段,国庆前完成了任务。从这以后,便有人开始约请,或者领导安排,作为任务来完成。如果约请的题目是自己陌生的领域,或者不适合写赋的,我自然委婉拒绝,为此得罪过朋友。在我看来,人须有自知之明,何况圣贤早有语:"名为实之宾。"我无意作宾客,宁愿作主人。

朱自清先生认为,赋就是铺的意思;赋的本来面目就是铺张。我所读过的一些古人赋,的确如此。不过,随着时代的变迁,我以为铺张已逐渐变为铺陈,但其"韵散结合"的特点和"写景述情"或"写景述事"的作用却不会改变,只是散文的成分会多一些。于是赋就能在特定的场合,例如景点、场馆等处,起到"点缀"和"告白"的作用,这就类似于一篇介绍性的序文。所写之"景"是现成的,有目共睹,难以无中生有,铺陈夸张一点也无妨;所述之"事",必有其主旨,且多半刻在一方石上,容不得太多的文字,自然须文辞简约。

这些年来,我陆续写过二十来篇赋,有的镌刻在石上或玻璃上,有的仅仅书裱于壁;所写的对象有的已不复存在,但文章还在这里。也还有几篇,由于别的原因未能使用,我仍一并收集,只是为了自己留存纪念。虽说写过赋,但对于赋,自觉见识浅薄。我以为,中国的"文"可分"文言"与"白话"两类,赋当然属文言。《世说新语》里有一个有趣的故事:东汉经学家郑玄家的婢女犯了错,被罚站在泥地中。另一个婢女从外回来,很诧异地问:"胡为乎泥中?"被罚的婢女气鼓鼓地回答:"薄言往愬,逢彼之怒。"

问与答皆引用《诗经》中不同篇章的成句,也即"文言";她们无须别人翻译,彼此都懂,因为这些婢女都有学问。如果用"白话"问答,大约是这样的。

问:"你怎么啦? 干吗站在泥泞中呢? "

答:"大爷责罚我呀,其实我刚要向他解释说明,没想到正逢他在气头上。"

文言问答只用了十三个字,白话当然要长许多。《诗经》原本是民歌,原来民歌的唱词一定比《诗经》更通俗一些,应该就是现在所谓的"白话";文人收集整理后,这些民歌便称"诗三百",成了《诗经》,当然就属于"文言"。文言和白话,在当时差别肯定不太大,因为各地要演唱,诸侯国之间要交流,大家都能听得懂。

既然我们交流沟通的是白话,为何还要文言呢? 这个话题太宽泛,不是我能够研究的。我只说一点自己的感受。上面我提到郑玄婢女的问答,我以为,她们的文言之答,是"精妙传神",而白话之答,则是"通俗明白"。传统文化中的诗词,甚至文章,中国人都能背诵,但欧美有多少人能背诵他们本国的诗文?恐怕不能,因为他们没有文言。我自己能背诵的外国诗歌,仅半首伊丽莎白·白朗宁的十四行诗,还有一句普希金的诗:

"想起我们,和我们团聚的一天天,

他会以战栗的双手掩覆着眼睛……"

中国传统诗词的优美与意境,及其语言的精练传神,其他文化恐怕难以企及。郑玄婢女之间若用白话问答,虽然清楚明了,但却失去了优雅和意蕴;而他们引用《诗经》问答,则包含了很多事件之外的信息,勾起人无穷的联想,这大概就是"用典"罢?! 在我看来,用典不仅是中国词赋的特色,也是中国人普遍的习惯。日常会话中,自谦时你或许会说"哎呀,我是滥竽充数哩",安慰朋友时说"你这是杞人忧天呀",告诫别人时说"千万别跟那些不三不四的人交往",担忧的时候说"我心里七上八下的",这里面哪一句不是用典呢？——"不三不四"典出《易经》。"七上八下",亦源于《易经》。可见,人人都在用典,只是习以为常地不叫典故,而叫成语或词汇。在我看来,只要不过于冷僻,读起来不拗口,且能切合题旨之典,在词、赋中使用并无不妥,有时甚至是必要的。那么,如何使用典故,怎样融合文言与现代用语,做到既通俗易懂,又能尽量保持文言的优雅精练呢？我在这里,做了一些力所能及的尝试。

最后,说到楹联。若干年前的一次文友聚会中,我应答时背诵了一小段《笠翁对韵》,有人诧异道:"你莫非念过私塾？"——我当然没机会念过。但这真是一本好书,从平仄、对仗、诗韵到典故,都能兼顾学习。所以一旦有机会,我也不免尝试一下楹联。记得在滨江路的文化建设会议上,市政府秘书长漆丰,指派我三天内为一处景点作四副楹联,我回答道:

"唐诗人贾岛是长江县——现在的大英县的主簿,是你隔着千余年的属下,他有一首诗说:'两句三年得,一吟双泪流。'贾岛尚且两句三年,君却要我四联三晚,岂不苛乎？"

秘书长笑道:"那就四天罢。"

我作楹联类似写赋,总是有需求才偶尔动笔。总之,我所作楹联很少,不能单独成篇,只得将其附于词、赋之末罢了。

如前所述,我曾是知青,也是农民,且常以手艺人自居;这手艺,一是木匠,二是改匠,最热爱的自然是木匠。虽说作木匠的工具并不精良,手艺并不精湛,但总是追求力所能及的完美。木匠是气力活,须拿得起斧头,拉得动锯子,这气力,我年轻时有。年岁渐渐老去之后,只拿得起笔头,这就得另习一门手艺,于是便开始填词作赋。但在我的眼里,一阕词,一篇赋,仍然如木匠做的写字台、五斗橱。余技艺不精,唯有尽其全力,才能把它们做得结实美观一些,才能少一些瑕疵,让人看起来稍微顺眼,至于效果如何,我倒并不在意。如今,我把这些用笔头造作的家具,除少量不宜入集的外,一并收集起来,作为岁月的纪念。到腿脚不便、目光昏蒙时,再来回顾赋里词中的岁月,想必别有一番乐趣。其中的一两只小凳,数套茶几躺椅,几个衣橱书柜,或许会因蒙上了时光的尘土而弥足珍贵呢。

此刻我正坐在电脑前,为准备结集的词、赋写这篇自序。荡漾在我心中的是一片感恩的激情。感谢山野的沟壑烟霞,感谢家乡的穷困与繁荣,感谢我的妻子和朋友们,使我今生有爱可依,有苦可忆,有梦可温,有情可叙,有赋可写,有词可填,谢谢你们!

王克湘

二〇二〇年十二月三日

目 录

CONTENTS

· 第二章　山乡风情

·第三章　龙安人物

· 第四章 知青故事

・第六章　夕阳风景

附 楹联拾翠

11

卷首词
长相思

楚客离①。
金缕遗②。
昨日黄花日见稀③。
蝶蜂旭照迷。

龙安诗④。
遂州辞⑤。
聊慰平生怀椠思⑥。
旧园添别枝。

注：
①楚客离：楚客，指屈原以及其他《楚辞》仿作者。离，离开、相距；《易经》中"离，丽也"。丽即附丽，彼此依附纠连，引申为丰茂。

②金缕遗：金缕，金缕曲，宋词牌，亦名"贺新郎""乳燕飞"。宋张元幹《贺新郎·梦绕神州路》结拍中"举大白，听金缕。"遗，遗留，遗音，遗韵。

③昨日黄花：苏轼《九日次韵王巩》中"明日黄花蝶也愁。"此则谓"昨日"。

④龙安诗：指本集的"龙安新词"。诗词皆有韵、入歌之文体，词源于诗，称"诗余"，诗言志，故此处称为诗。

⑤遂州辞：指本集的"遂州今赋"。《楚辞》后世通称辞赋。

⑥怀椠：指"怀铅提椠"，西汉扬雄事。铅，石墨；椠，木简。谓随身携带书写用具，勤于采访记事，著书立说。泛指写作。

上编　龙安新词

第一章　柏塆烟霞

题　记

（七绝）

竹树烟云掩故居，
雪泥遗字雨痕书。
群山夕照孤鸿远，
已觉新来旧梦虚。

长相思

花四时①。
云爱栖。
崖上山房②隐绿枝。
庭空三五鸡③。

瓜菜畦。
布裙衣。
薄暮携童备晚炊。
背柴人④未归。

写于 2016 年 6 月 22 日

[注]

①花四时:山野里四季鲜花不断,我的居所柏树塆周围,有桃、李、杏、梨、樱桃、枇杷、月季、百合、山茶、阳雀、山菊以及其他数不清的野花。夏天的七里香,香遍整个山谷;冬天里,垅头地里,路旁崖畔,野花带来一片勃勃生机。

②崖上山房:山崖上的房舍。我插队时居所柏树塆,位于高崖上,崖下有岩坎,曾有猪圈,崖边树木丰茂。

③庭空三五鸡:山里总是一片静寂,除了鸟鸣之外,难得听到其他声音。人或许在地里,或许在林中。倘若山外有人来,高崖地边,总有人关注着你的行踪。乡民们视力好得出奇,到谁家去? 穿什么衣服? 他们把你看得清清楚楚。

④背柴人:在山里干活,傍晚收工时,男人们通常顺便在林中砍一背篼柴薪带回家,因而往往回家稍晚。我就是那个正在途中的背柴人。

长相思①

陂②上畦。

暮与曦③。

足迹永留芳草蹊。

重回未有期。

浦④云低。

鹧鸪⑤啼。

溪涧长吟夜夜思。

归来恐已迟。

写于 2016 年 6 月 21 日

［注］

①长相思：词牌名，亦是此阕本意。我初中毕业后待业在家，时逢动员上山下乡。余那时对山区一无所知。有一位高中毕业生，见多识广，能言善辩，他身边聚集了一帮小青年，成天听他鼓吹。据他说，平武全县的人都住在一座山上，若是县长要开会，便在山头上打锣。我和几个同学虽然将信将疑，但仍然满怀憧憬。等到终于来到山区，日日在陡峭的坡地里劳作，才真正对山区有了认识。算起来，我在山里度过了将近十二个年头。离开的时候无比欢欣，但随着时光的推移，对昔日的山林丘壑，却愈来愈思念，因为那里，已成了我魂牵梦萦的故乡！

②陂：倾斜的山坡。畦：成块的田地。这里指大山中的庄稼地。

③暮与曦：指山里的早晨和黄昏，最令人难以忘怀。

④浦：南浦，泛指分别处。

⑤鹧鸪：古人认为，其叫声是"行不得也哥哥"。

忆江南（十四首）

（一）

柏塆①好，
屋顶白云飘。
竹树青青蹊草碧，
小桃花艳画眉娇。
山国正悄悄。

[注]

①柏塆，即柏树塆，我插队时的居所，系独户的两间半瓦房，右边是石砌猪圈，屋前有院坝，其下是悬崖峭壁。一家邻居隔着一处陡崖，另一家邻居大约相隔一里许。

（二）

柏塆好。
结伴赶晨工。
俚语欢声流热汗，
横锄歇息对山风。
黍叶绿葱葱。

[注]

山里主要农作物是玉米，全队人口八十多，全劳力仅二十余，却种着六百余亩地。最远的庄稼在十里之外，因而一年里的春种、夏耘、秋收，均是农忙时节。

（三）

柏塆好，
屋后斫柴薪。
袅袅炊烟庭树绕，
女儿篱外仁芳茵。
手拿柳条巾。

［注］

每逢去屋后山林里砍柴，女儿总要候在阶外草地上，手里拿着擦汗的毛巾。

（四）

柏塆好，
晨起自耕园。
妻子挖窝如雨汗，
女儿背粪乐开颜。
耘籽宅阶前。

［注］

我住房侧旁有一亩左右自留地，一部分种粮，一部分种蔬菜。女儿尚小，我砍竹为她编了一个比碗稍大的小背篼，用来背肥料或扯猪草、摘豆角用。

（五）

柏塆好，
挑水灌园忙。
豆角黄瓜垂满架，

番红茄紫绿椒长。

摘菜煮羹汤。

[注]

羹汤,即玉米面糊,俗称"拌汤",山区主食之一。南瓜、土豆、豆角、萝卜是煮拌汤的极好菜蔬。

(六)

柏塆好,

夜读倚床头。

妻冷频频催早睡,

吹灯由女且休休。

娇媚似顽猴。

[注]

当年用墨水瓶做成煤油灯,天寒地冻时节,把油灯放在木床的床柱上,以方便读书。

(七)

柏塆好,

蓓蕾绽枝头。

浴洗庭前无陌客,

濯衣挑水赴山沟。

深谷隐清流。

[注]

离家两里许,山谷里有一处涧流,虽细小,却汇集成一眼碧潭,足可供两三人家饮用洗涤。

（八）

柏塆好，
夜有祝融塘①。
冬雪纷飞留客住，
一杯家酿话家常。
柴火暖洋洋。

[注]

①祝融塘，即火塘。山里人家堂屋必有火塘，除备有树疙笆、硬柴外，一些人家还去深山老林烧炭，大半年塘火不断。

（九）

柏塆好，
寒夜好时光。
我与爱妻欣把盏，
女儿膝上酒争尝。
一醉又何妨？

[注]

记忆中，冬天喝酒是在火塘边进行的，火塘边既可以烤馍，也可以在塘灰里煨土豆、板栗或核桃。

（十）

柏塆好，
除夕乐陶陶。
夜久推粮①人不见。
加柴添水热佳肴。
门外有谁敲。

［注］

①推粮,把玉米、小麦等粮食背去磨房磨面,俗称推粮。那年春节前夕,磨房非常拥挤,我与知青徐少文不得不翻山到田坝生产队推粮,然后背着成百斤玉米面翻过大王山,深夜里才回到家。

（十一）

柏塆好,

守岁夜将阑。

桌下融融柴火暖,

匆匆过客尽须欢。

膝睡小兰兰。

（十二）

柏塆好,

守岁度通宵。

年夜亲朋欣聚首,

纸牌水酒兴头高。

天晓打糖糕。

［注］

天须子是山里的一种作物,颗粒极小,或许就是糜子。将红糖熬制成饴糖后,加入炒熟的天须子,稍冷后切块即成糖糕。

（十三）

柏塆好,

好梦隔流年。

伯劳东飞西去雁,

关山难越最堪怜。

相忆泪涟涟。

（十四）

柏塆好，
朝夕伴身旁。
出外女儿啼欲绝，
欲归妻子伫山梁。
迢递恨斜阳。

写于 1980 年

满庭芳

柏树塆①

屋后青林，
庭前老树，
梦中畴昔家园。
路旁崖畔，
随季野花鲜。
最忆瓜藤豆架，
绿丛里、霞染芳颜。
莺鸣啭、晨风拭汗，
挑水自悠闲。

云烟。苍狗变，
龙迤②涧壑，
雾漫峰峦。
山月清辉照，

谷应琴弦。
时贮柴薪檐下,
待霜雪、好度冬寒。
塘边暖、双眸炯炯,
柔语浩然天。

写于 2015 年 8 月 11 日

[注]
①柏树塆:当年我插队处地名。山村大多单家独户,每户有一个地名,山里人通常以地名指代某户,不直呼户主,而只称呼地名。
②龙迤:龙一般曲折蜿蜒,云雾凝聚山谷貌。

满庭芳

故　园

深壑幽林,
蓬门荜户,
晚来细雨霏霏。
马灯光暗,
偏屋刨花飞。
箱子茶几躺椅,
能换得、油费盐资。
厨房里、轻歌曼语,
擀面备新炊①。

凄凄。常愧对,

明眸皓齿，
粗布裙衣。
日日瓜蔬地，
闲剥棕皮。
夏半寻挖半夏，
冬寒夜、塘火煨梨。
蓬山好、蓬山却是，
缥缈梦难期。

写于 2015 年 8 月 16 日

［注］
①擀面备新炊：擀制新磨的杂面。

满庭芳

春

桐柳芽初，
杏樱花后，
夭桃①丽日芳蹊。
冻腮背篓，
山涧洗春衣。
雏豕娇囡小狗，
院庭里、逐闹嬉嬉②。
锄园圃、瓜苗茄种，
莺伴手栽移。

林迷。人隐约^③，

犁牛来去，

秒地山畦。

转眼农忙季，

早备荒饥。

昨去深山富户，

买陈黍、夕照人归。

炊烟袅、疏篱侧畔，

孤影是吾妻。

写于 2017 年 12 月 28 日

［注］

①夭桃："桃之夭夭，灼灼其华。"（《诗经·周南·桃夭》）

②逐闹嬉嬉：女儿常与猫狗作伴。我曾写过一首七律颔联曰："曾类雏猪爬篁上，更随小狗戏堂前。"

③人隐约：农忙开始，山林地里，已经开始做春耕准备了。

满庭芳

夏

绿透窗扉，

香飘庭院，

地头崖畔山花。

寻挖莎草^①，

清爽趁朝霞。

待到骄阳冉冉，

榴花下、补褐裁纱②。
疏林外、斜擎百合，
灿烂小娇娃。

生涯。薅玉米，
锣鸣鼓急③，
风卷尘沙。
挽袖帮厨④去，
擀面烹茶。
拼桌篱边聚飨⑤，
林荫蔽、笑语桑麻。
山沉寂、盈盈月色，
双影沐高华。

写于 2017 年 12 月 29 日

[注]

①莎草：香附，中药名。

②裁纱：裁剪纱布。知青钱囊羞涩，布票亦少，故用蚊帐纱布作夏衣。

③锣鸣鼓急：山里玉米薅草时敲打的锣鼓。

④帮厨：薅玉米锣鼓草时，生产队统一伙食，由若干妇孺在邻近人家蒸煮杂面馒头等，妻把女儿临时托付给邻居罗婆婆后，也参与农忙厨事，每日能挣七八工分。

⑤拼桌篱边聚飨：典出《诗经·国风·豳风·七月》"朋酒斯飨，曰杀羔羊。"借指在农家院坝里、竹篱边，把桌子拼凑起来，集体用餐。

满庭芳

秋

雾漫青峰，
溪喧深谷，
飞流悬挂山屏。
鹧鸪声断①，
赶集水波横。
土豆青桃②玉米，
堆仓廪、只盼天晴。
群山黯、风摇乱竹，
木叶③落空庭。

云凝。霖雨霁，
蓬门④僻径，
有客相迎。
和叶磨新豆⑤，
翠绿如琼⑥。
庭院姮娥佳侣，
倾清酒、啜玉餐英⑦。
重阳近、栖身野岭，
何处更攀登？

写于 2017 年 12 月 31 日

019

[注]

①鹧鸪声断：鹧鸪叫声似"行不得也哥哥"，山溪涨水，无法赶场。

②青桃：指刚打下树的青皮核桃，须去皮后晾晒或烘烤。

③木叶：《楚辞·湘夫人》"袅袅兮秋风，洞庭波兮木叶下"。

④蓬门：典出杜甫诗"花径不曾缘客扫，蓬门今始为君开"。

⑤和叶磨新豆：用当年收获的豆子，添加未枯的绿色豆叶磨成豆腐。

⑥翠绿如琼：指新磨成的豆腐，翠绿如美玉。

⑦餐英：典出《楚辞·离骚》"朝饮木兰之坠露兮，夕餐秋菊之落英"。

满庭芳

冬

云冻碧空，
叶枯荒野，
山塆孤舍炊烟。
厨房庭院①，
来去应呼欢。
一晌辛劳屠父②，
案条上、红白堆鲜。
饥肠锈、丸泥细剁，
乐坏小囡囡。

冬闲。连日里，
崖藤缠足③，
踏雪山间。
拚却柴薪卖，

聊度时艰。

铜板沽来薄酒，

二三子④、欢聚塘边。

何须管、柴门雪叩，

一醉好忘年。

写于 2018 年 1 月 4 日

[注]

①厨房庭院：厨房烧水备餐，庭院杀猪，人来来去去，热闹欢腾。

②屠父：老年屠工。我家对面山上的刘大爷，农闲兼职杀猪，只要用尖锐的吆喝隔山呼喊，便可预约时间。

③崖藤缠足：雨雪天走山路，须用山崖上的细藤缠足防滑。

④二三子：泛指知己好友。语出《论语》。

贺新郎
贴梗海棠①

老干虬柯癯。

沐春风、淡红苞蕾，

枝头相聚。

翠幄栖身披锐刺，

岂怕黄蜂侵侮？

傲骨耐、冷霜清露。

素洁趁将胭脂洗②，

赤心留、毋令桃花妒。

庭院畔，

陡崖处。

玉鸾昨夜群山舞。
炯双眸、平明探看，
篱边佳侣。
只怕新寒瑶蕊落，
窘迫一年生路③。
待瓜熟、切片炎暑④。
病厄操劳终不怨，
料天公、遗恨疏怜汝⑤。
每忆得，
雪中伫。

写于 2017 年 8 月 17 日上午

［注］

①贴梗海棠：灌木，枝虬多刺，花梗很短，大多贴在梗上，果实又叫皱皮木瓜，可入药。

②胭脂洗：海棠花是一簇簇的，五朵一团，花蕾是粉红色的，开花后新添的花瓣却变成白色，但原来的粉红依然留存，在雪中引人注目。

③一年生路：当年插队时，院坝崖下的木瓜树，一年可收获干木瓜片60 余斤，可卖 30 余元，是一年中的重要收入。

④切片炎暑：夏天里，木瓜摘下来后，须先切成薄片，以沸水稍浸之，再薄铺于竹席上，在烈日下晾晒数日，待干透才能出售。

⑤疏怜汝：我插队的旧宅坐落在连山石上，天不作美，妻生产时却逢暴雨，一时床下成洼，从此病厄缠身，不堪磨难，数历生死之险。

念奴娇

山茶花①

人勤春早，
映朝阳、晨起浇园莳地。
往日樱花②，
山对面、粉白丛中铺缀。
梨树初英，
杏花已老，
转眼耘锄③季。
布裙犹念，
漫坡桃李花醉④。

屋后玩耍归来，
伸开小手，
一朵山茶媚。
寻去疏林，
伊独立、照眼婷婷英气。
零落天涯，
投身荒野，
不改天姿丽。
当时情景，
彩霞人映芳蕊。

写于 2015 年 8 月 3 日

[注]

①山茶花：某年春，小女玩耍回来，居然手持一朵艳丽的山茶花。妻甚惊讶，随即跟去宅后山林，果然见到一株山茶花树。

②往日樱花：院坝边的贴梗海棠，花开最早，那时还下着大雪，真可谓雪满枝头。其次便是山樱桃花，在对面山上，隔着山谷，一片片灰白。

③耘锄：除去地里杂草，指薅草，这是山里最繁忙的农事。

④桃李花醉：山野四季鲜花盛开，桃花、李花最令人心动。那是在春天里，桃花艳丽如火焰，李花则洁白若素绢。

念奴娇

买　粮

雨销云霁，
买粮归①、旭日群峰霞照。
记得来时山里路，
沟狭林幽崖峭。
汗面蓬头，
破衫背篓，
约略当年貌。
爬坡逾水，
石旁斜倚长啸②。

最怯深谷隈嵎，
人言有鬼，
暗问："谁乘轿？"③

且自横刀扬胆气④,
踽踽徐行休躁。
落日沉西,
电光⑤照野,
三五蛇拦道。
篱犬遥吠,
霎时欢语灯耀。

写于 2015 年 8 月 7 日

[注]
①买粮归:那年口粮不足,去深山里有余粮的人家购买。
②长啸:长途负重,靠在岩石边歇息长吁,可疏解疲乏。
③谁乘桥:途中一处地名。
④横刀扬胆气:山林里行走,通常随身带砍刀以备不测。
⑤电光:手电光。

江城子

杀 猪

朔风瑞雪近年关。
豕臀圆。
妇心安。
呼约屠家①,
杀凳②置庭前。
冬腊烫猪三把水③,
嚎叫起,

025

彻云天。

刨汤④飨客味尤鲜。
主宾欢。
欲开筵。
不见女儿、
淘气竹篱边。
宅外林中寻唤遍，
藏在屋⑤，
柜墙间。

写于 2015 年 6 月 18 日

[注]
①呼约屠家：山里无须电话，只消隔山吆喝，便可与屠户联络。
②杀凳：杀猪专用的凳子，长约三尺许，高不足尺，凳面较宽且沉。
③三把水：屠户以手掌测量烫猪水温的行话。
④刨汤：猪内脏、猪肉、蔬菜做成的杂烩汤，用以招待帮忙的邻人。
⑤藏在屋：女儿被猪的嚎叫吓坏了，故藏在屋里柜与墙的空隙处。那个柜子刚涂过清漆，还没干透，离墙约 30 公分，正好躲藏。

鹧鸪天

旧　居

　　当年山乡插队,住在柏树垮的瓦房里。数十年后,瓦房早已拆除,故居只是一处废墟。但那里留存了我与妻太多的记忆,从前的点点滴滴,常常回到我的梦中。

　　　　　云掩山林人迹稀。
　　　　　宅旁新竹隔疏篱。
　　　　　瓜蔬地里红衣动①,
　　　　　花树丛中翠鸟啼。

　　　　　人去后,任霜欺。
　　　　　断垣残壁为君遗。
　　　　　重逢只把凄凉照②,
　　　　　留待归来幽梦思。

　　　　　　　　　　　　　　　写于 2016 年 7 月 11 日

[注]
　①红衣动:余某日收工回家,远远看见菜地里红色闪动,原来那是女儿,她穿着红色的外衣,背着小背篓,在摘棚架上低矮处的豆角。
　②凄凉照:重回故地留下的照片,情景无比凄凉。

鹧鸪天
重回柏树塆

　　今年夏天,携妻重回柏树塆。物非人是,当年的庭院房舍已不复存在,院坝里青苔斑斑,台阶侧壁布满的夜交藤,似乎也随我们一起离去。而昔日的屋基,如今居然成了白菜地!

四十年前柏树塆。
春风何处不承欢?
塘边浊酒情难醉,
月下清茶客未眠。

风竹动,几竿残。
屋基种菜最心酸。
当年踪迹无寻处,
强作欢颜留镜前。

写于2016 年 8 月 17 日

[注]
　　柏树塆的住房原是杨姓社员修建的,据说因为水源太远,不堪其苦,才迁去邻队。待我们离开后,杨姓社员便拆除了原房,迁建去了其他地方。

凤凰台上忆吹箫

别 情①

雪老苍山，
霜枯枫叶，
天寒风冽难休。
听暮云低处，
宿鸟悲啾。
还至黄芦苦竹②，
塘火暖、伴我神游。
离情苦，
灯孤漏漫，
整夜凝眸。

愁愁。
树遮望眼，
纵登望乡台③，
泪也空流。
忆水春波绿④，
云雨情稠⑤。
不忍沾巾歧路⑥，
桃叶渡⑦、独自回头。
而今叹，
蛛纹鬓边，
韶景难留。

写于 1974 年冬

[注]

①别情：1974 年冬天，妻携女回家乡过年，留我居山头，本词便是当时所填，但具体时间疏于记载。

②黄芦苦竹：典出白居易《琵琶行》"黄芦苦竹绕宅生"。

③望乡台：我插队处的一座高山，好友章虎曾用长镜头隐约摄得。

④水春波绿：江淹《别赋》"春草碧色，春水绿波。"

⑤云雨情稠：典出宋玉《高唐赋》"旦为朝云，暮为行雨。"

⑥沾巾歧路：典出王勃《送杜少府之任蜀州》"无为在歧路，儿女共沾巾。"

⑦桃叶渡：典出东晋王献之《桃叶歌》"桃叶复桃根，渡江不用楫。"

第二章 山乡风情

题 记

（七绝）

云锁青山万壑深，
萋萋芳草故人心。
欢情最是塘边好，
家酿三杯涤客襟。

贺新郎

薅锣鼓草①

五月晴空暑。
大山中、长坡薅草，
震天锣鼓。
铁石铿锵青帐动，
花袂白衫眩著②。
骄阳下、翻飞锄舞。
呐喊欢声如潮涌，
绿丛间、几汉忽如虎③。
竞前突，
漫尘土。

白云丘壑聆歌语。
草先生、停槌咏唱，
俊郎痴女。
野老开怀随古调，
羞涩山姑凝伫④。
午时歇⑤、林边人户。
杂面馒头兼土豆，
鼓锣催、又把锄重举。
归时月⑥，
照庭树。

写于 2015 年 6 月 22 日

[注]

①薅锣鼓草：敲打着锣鼓薅草。由于农事紧迫，通常联合若干生产队，采取锣鼓草的方式突击薅草。薅锣鼓草时，设2~3拨锣鼓，每拨两人，一人敲锣，一人击鼓，以号令社员。敲击锣鼓的社员称为"草先生"，由善歌且精于农事的青壮年担任。社员薅草时，草先生便在薅草落伍者后面督促。每隔一会儿，草先生会悠悠扬扬地唱一段山歌，于是农人们便驻足留神倾听，借此放松。如果草先生兴致高，他们会相互"盘歌"，内容是口口相传的唱词。

②花袄白衫眩著：每逢薅锣鼓草，乡人如节日般的欢乐，因为可以见到邻村的亲友。男人们穿着干净的白衬衫，妇女们则拿出箱底的花衣裳。在夏日的阳光下，反射着炫目的亮光。

③几汉忽如虎：薅锣鼓草时，社员们情绪特别高昂，效率很高，一些妇女或体弱的知青，遇到岩坎，稍微阻碍一步，便只能提着锄跟着往坡上跑。薅草时，如果地势开阔，较为平缓，便有热血青年，突然发力，左右挥锄，扬起尘土，一下子就把众人甩开。这时自然有人不服输，一迭声叫道："表嫂哋，我来了！"或者"幺妹子，等着我！"——称表嫂、幺妹，是玩笑语。到这时候，只听得喊声四起，人们挥锄向前，骄阳下烟尘滚滚，耳畔金石铿锵，身后锣鼓齐鸣，虽是薅草，却如战场一般。

④羞涩山姑凝伫：薅草歌中，除日常生活情景外，大部分内容是关于男女爱情的。

如以下原汁原味的山歌：

其一

幺妹挑水扁担长，手扶扁担和桶梁。
屋里还有半缸水，假工出去看小郎。

其二

幺妹长得笔杆端，好像后檐树一般。
二世变个围裙子，天天缠在妹腰间。

其三

苦桃沟,岩对岩,婆娘娃儿穿草鞋。
出门一声山歌子,进门一背桦树柴。

⑤午时歇:午饭由生产队统一安排,在就近的农户家烹煮,主食通常是杂面、白面馒头,这是山里最好的饮食,平时不易享用到。菜肴是把土豆、四季豆、薄皮瓜和少量肥腊肉熬在一起,其味妙不可言。其他还有下饭的咸菜,则由提供午饭场所的人家出具,但有时却临时摘一些青椒,在塘灰里煨到半熟,拍去灰尘,然后在"对窝"(石臼)里捣茸,拌上盐,就成了佐餐的美味。

⑥归时月:薅锣鼓草时,早出晚归,每日在坡上的时间至少十二小时。回家后还得匆匆挑两担水,简单洗漱,到翌日平明,不过睡四五小时。因而薅草时一旦歇气,社员几乎全都就地躺卧,聊补瞌睡。

贺新郎
婚 礼

落日群峰暮。
半山间、送亲锣鼓,
向婆家去。
制服胸花抱儿子②,
羞涩真如新妇。
腊夜冷、塘边笑语。
聘礼堂前陈桌上,
被同衣③、酒肉皆如数。

呼入席，
举杯箸。

亲情贺礼休轻觑。
两三元④、一篮豆腐，
在乎名誉。
堂屋阶沿开喜宴，
流水⑤轮番几许？
酒虽薄、山野乡趣。
牛圈木楼⑥铺草垫，
已鸡鸣、远客皆留住。
寒风里，
衲头窟⑦。

写于 2015 年 6 月 20 日

[注]

①抱儿子：上门女婿。按照山区风俗，男子入赘到女方，须改女方姓，子女亦随母姓。从前，抱儿子在山里的地位较低，在家里亦不能做主，招赘的"抱约"（抱儿子契约）上，有的公然写道"上山砍柴，下河挑水，若是不从，格打无论"。

②被同衣：被褥与衣物，此外还有衣柜、钱、酒、肉甚至挂面等聘礼，都要在婚礼上一一展示，倘若不合礼数，双方还有一番言辞交锋。这里所称的聘礼，实际上相当于一般嫁娶中的女方"陪嫁"。

③两三元：贺礼两三元，是 20 世纪 70 年代初的情形。也有的送一两升大豆，或送一篮豆腐；送大豆、豆腐的，似乎叫送水礼。

④流水：指流水席。为不误农事，婚礼酒宴通常在晚上举行。本词记述的婚礼，发生在冬天，由于天寒地冻，四野漆黑，因而只在堂屋、房间、门廊台阶上，设三五张酒桌，客人轮番入席。饭前餐后，大家则聚在火塘边或房

间里聊天。

　　⑤牛圈木楼：词中人家庭院外面，有一个牛圈，上面是木楼，楼面与庭院地面平齐，在楼板上铺上草垫，有几床被子，可供人临时躺卧。

　　⑥衲头窝：典出苏辙诗"衲被蒙头真老病。"借指蒙被和衣，醒着挨过寒夜。

贺新郎

牛　皮①

郁郁冬青树②。
蔽骄阳、樾荫数亩，
瘦苗薄土。
队长停锄呼歇息，
树下农人小驻。
随意侃、日常家务。
老者牛衣颜似革，
鬼神奇、历历如亲顾。
青壮跃，
妇孺惧。

知青开口徐徐语。
仰蓝天、漫言宇宙，
目随云絮。
娓娓阿波罗迈月，
人类豪情壮举。
话语毕、人人相觑。

队长率先高声道：
这青年、最是牛皮巨！
喧笑起，
拿锄去。

写于 2017 年 8 月 8 日

[注]

①牛皮：那年锄草歇气时，社员邀我讲故事，我便讲了阿波罗登月的壮举。谁料讲毕竟然一片沉默，足足半分钟后，队长才笑道："这小伙子，牛皮吹得比天大！"社员们这才一齐大笑。

②冬青树：其籽叫女贞子。在我的记忆中，那株冬青树主干极粗，树冠宽阔，只遗憾没打听树龄几何。

贺新郎

斗　法

　　山里人相信，能工巧匠皆通鲁班法术，若两匠相遇，便会暗中斗法较量。那年薅锣鼓草，老瓦匠和老木匠斗法的故事流传很久。

忙乱农家户①。
日当头、后山薅草，
逼人锣鼓。
小院东厢烹午饭，
西庑赶添卧具②。
老木匠、锯枋扬斧。
三五老妪忙切洗，

瓦泥师、充作厨娘主。

两匠对，

战云布。

鲁班法术留花絮。

黍林中、停锄打听：

何方胜负？

大火烧锅笼盖冷，

急煞东厢师傅。

口念咒、向笼刀举。

西庑忽然传斧响，

恰恁时、击断床头柱③。

忆往事④，

火塘趣⑤。

写于 2017 年 8 月 10 日）

［注］

①忙乱农家户：薅锣鼓草时，生产队在就近的农家准备集体伙食，通常由一帮妇孺操持，擀面洗菜，十分忙碌。

②赶添卧具：邻队来换工薅草的社员，当晚大多在亲戚家留宿，但个别的仍需队上赶制木床，供安排使用。

③击断床头柱：农民说，老瓦匠无论加多少柴，锅里总是不见热气，半天蒸不熟馒头，急得团团转。他怀疑是老木匠暗中使法，便口念咒语，高举菜刀，一刀砍在蒸笼上。就这一刀，当下破了木匠之法。结果，西屋的老木匠当即一下子击断了床头柱，而厨房锅里却热气腾腾，不一会儿便蒸熟了馒头。那老木匠只得甘认失败，垂头丧气地重做床柱。

④忆往事：我当年其实就在斗法现场。记得那是在邻队大王山薅草，我见过老瓦匠，甚至和李木匠打过招呼，但我并不知道厨房里发生了什么事，只是觉得那天的气氛与平常有些不同。一般情况下，薅锣鼓草时总会发生

一些意外。如脚被石头砸伤，或者锄把折断，因而总有人到农户家处理。但那天现场来去的人特别多，而且薅草中社员不时交头接耳，气氛确有一些诡异。直到第二天，有人才向我描述了斗法的情节。

⑤火塘趣：匠人斗法故事，确可为闲暇时光平添情趣。本词所叙的老瓦匠姓刘，其实并不老，只是年轻人觉得他老。他在附近几个大队颇有名气，神奇的故事总在火塘边流传，属火塘名人。

贺新郎

立　房①

老汉修新屋。
满场堆、曲梁直檩，
短枋长木。
万瓦三间②分辈住，
煮食晒粮养畜。
宅后树、庭前茂竹。
锯斧连旬惊谷鸟，
几厨娘、昨夜忙通宿。
旭日照，
早餐熟。

人潮涌动呼相续。
立房时、肩扛索拽，
四邻亲族。
排扇③联通梁檩毕，
午宴肉香浓郁。

十大碗④、山民期瞩。
不识邻人言"你请",
举杯酬、奉菜相推促。
油水薄,
友情笃。

写于 2015 年 6 月 24 日

[注]

①立房:指竖立房屋骨架,这是修穿逗木结构房屋的关键步骤。

②万瓦三间:俗语"万瓦三间屋",三间瓦房,约需一万匹瓦。

③排扇:指一面墙的骨架,包括若干柱与穿枋。排扇之间以梁、檩连接,形成整体房架,然后在檩上钉椽,椽上盖瓦。

④十大碗:山区酒宴称谓,共十道主菜。虽说称为"十大碗",但由于当年物资匮乏,每道荤菜,都只能一人一片(块),十分寒碜,只消两三斤猪肉、半只鸡、几块豆腐,便可作一桌酒席。

贺新郎

野　炊

种黍南坡地。
艳阳天、谷幽草茂,
鸟啼叶翠。
饷午树边空旷处,
片刻枯枝拾备。
三五起、炊烟细细。
支馍添柴双面烤,

待深黄、满口焦香味。
粮食少，
量须计。

若须饮水山溪遂。
对清流、当如偃鼠，
埋头初试。
少女林中含笑出，
一簇樱桃红媚。
篝火畔、熬粥汤沸。
盐菜酱葱相互请，
语正欢、雀亦喧林际。
如画境，
永难逝。

写于 2015 年 8 月 5 日

[注]

这是山区日常生活的一幕，人们几乎每天都在坡上野炊。春种时，野樱桃成熟，由于洗手不便，便有人用刀砍一簇缀满樱桃的树枝，直接就着嘴吃。当时，大豆可以去粮站换大米，于是便有人带几两米上坡熬粥，甚至带上荞凉粉，以泡菜盐水代替酱油，加上自制的辣酱，十分可口。

贺新郎

竹　鸡①

沟壑云舒泰。
日移西、晴空万里，
青山长晒。
地畔浓荫遮小憩，
树下横锄倦怠。
乡野事、知青尤爱。
壮汉敛神开口道：
听山弯、归鸟欢林带。
竹鸡子，
叫多快！

初时"白果花"呼卖②。
复又啼：
"老都老了，
老还作怪！"
"作怪"连连趋急迫，
力竭声嘶气败。
昏厥坠、终成佳脍③。
戏语彭君④偏独信，
候竹林、枉待空中菜。
齿难启，
气澎湃。

写于 2018 年 10 月 6 日

［注］

①竹鸡：又名"老作怪"，晚宿竹林。竹鸡叫声奇特，最不可理喻。开始叫"白果花、白果花"，接着是"老都老了老作怪！"随后急促地叫："作怪作怪作怪，咿——"最后那声"咿"越来越细，直到消失。

②"白果花"呼卖：一声声"白果花"，犹如在叫卖。

③终成佳肴：那位壮汉山民认为，竹鸡性格暴躁，最后急得昏厥坠地，你只要在林中耐心等待，便可轻松拾得，足够回家做一碟下酒菜。

④彭君：知青彭亚贤，对竹鸡的事信以为真，竟然在竹林里守候了很久，以为可拾得三两只气昏死的竹鸡，结果徒劳而返。

贺新郎

撕玉米①

山野秋宵里。
最无聊、小丘围坐，
漫撕玉米。
众请山歌驱寂寞，
难驭彭兄②贵齿。
不如听、知青故事。
"话说玉皇招入赘，
值星官、才把宫门启。
天蓬帅，
觐施礼。"

"休轻八戒人粗鄙。
耐劬劳、喂猪煮饭，

补衣挑水。
种地砍柴犁菜圃，
打桶盘歌编篓。
定能让、泰山欢喜。”
语毕满堂皆大笑，
贺彭兄、何日升仙邸？
无言对，
气难止。

写于 2021 年 1 月 6 日

［注］

①撕玉米：将玉米苞皮撕开，以束捆架晾。撕玉米通常在晚上，屋中玉米棒堆如小丘，社员围坐四周，或唱山歌，或闲侃。

②彭兄：彭有清，山区农民，种地犁牛能手，木匠、篾匠、改匠手艺样样通，山歌草歌尤其出众，甚至还会补衣、纳鞋垫，正是词中猪八戒自诩的本事。

贺新郎

捋青桃①

秋夜山乡寂。
捋青桃、熊熊柴火，
满堂春色。
老幼镰刀忙剥理，
倩女私嗟手黑②。
一汉问：缘何沉默？
众望知青开口道：

论聪灵、驯犬尤奇特。

演杂技,

世难觑。

枪承铃架③台中立。

一绳拉、客来铃响,

贼来枪击。

台下数呼重表演,

狗忽童声语急:

"俺就是、重新来的④!"

半晌众皆哗笑起,

记分员、正是重兴籍。

"这小子。

骂人客⑤。"

写于 2021 年 1 月 5 日

[注]

①捋青桃:捋,剥除、整理。青桃,尚未剥离青壳的核桃。

②手黑:捋青桃后,十指被染成黑色,十天半月不褪。

③枪承铃架:枪承,承枪的架子。铃架,木架上挂铃,古代兵营的报警设施。此句指在舞台中竖立的支架上,安放着一铃一枪。表演者告诉狗"客人来了!"于是狗便拉动响铃的绳子;若是盗贼来了,狗则拉另一根绳子,于是"砰"的一声,那支枪瞬间冒出一团火光。

④重新来的:人们一遍遍要求重新表演,狗不耐烦了,忽作人语回答:"俺就是重新来的!"即它刚才就是重新来表演的。——故事戛然而止,起初社员们一头雾水。有人忽然想起,记分员汪德全,是从邻社"重兴"大队入赘到本村的,即汪德全就是"重兴"来的。"重兴"与"重新"音近,人们这才恍然大悟。

⑤骂人客:我插队时,一度常应邀讲故事。为调侃逗趣,常在故事中开农村朋友的玩笑,以至一开口,大家便会暗自寻思:这小子又是骂谁呢?

满江红

种玉米①

万壑生烟，
云开处、一坡广阔。
初日暖、溪吟风语，
野花香烈。
彪汉吆牛耖宿地，
老农横镢挖坑穴。
一班人、走马似灯旋，
生机勃。

姑丢黍，
胸前篓；
嫂种豆，
猫腰掘。
点锄②飞刨土，
兔奔风掣。
青壮施肥抛愈疾③，
妪翁盖土锄难歇。
笑声欢④、翠羽唱枝头，
青山悦。

写于 2015 年 7 月 4 日

[注]

①种玉米：玉米下种前，须先耖地使之松软，然后一人持山锄在前面挖坑；一人胸前挂着装种子的竹篓，在每一坑里丢几粒玉米种子；两人手握点锄，跟在后面种大豆；另两人则挎一大筐，双手交替往坑里抛圈肥；最后是两人刨土盖坑，如此环环相扣，连绵不断，如同走马灯。

②点锄：长约八寸。种豆时，两个女子，腰挎竹篓豆种，手握点锄，左右手配合，弯腰一边撒种一边刨土盖种，轮换着以极快的速度向前窜。

③施肥抛愈疾：胸前挎一只大粪筐，两手交替抓一把肥料，准确抛在玉米坑里，那情景犹如杂耍一般。

④笑声欢：山里劳动虽苦累，却总是欢声笑语，快乐无比。

满江红

江油关①

叠嶂层峦，
涪水急、崖高江阔。
明月夜、铁衣金柝，
蜀关难越。
凤翅②火光星斗暗，
牛心③辕帐将军怯。
拱手降、汉祚陡蒙羞，
巴山咽。

人间事，
休评说；
终一统，
三分拙。

只英雄宵小,
尚能分别。
摩岭④舍身飞狭谷,
雄关叩首忘朝阙。
迄今来、仍感慨唏嘘,
心中热。

写于 2015 年 8 月 7 日

[注]

①江油关：今平武县南坝镇。当年蜀汉守将马邈在此开关投降邓艾。我插队的地方,在江油关西约二十里外的深山里。

②凤翅：凤翅山,南坝镇外隔着涪江的一座山头。传说邓艾在凤翅山上,夜里在羊角上竖火把,遍布疑兵,震撼了守将马邈。

③牛心：牛心山,在南坝镇旁,据说是晋西凉王后裔李龙迁的葬身地,后追认为李唐王室祖陵。这里设想马邈的军营建在与凤翅山相对的牛心山上。

④摩岭：即摩天岭,位于川甘交界处。传说邓艾率军登上摩天岭时,开路军士尽皆哭泣,因为他们面对的是悬崖峭壁。邓艾以毡裹身,率先滚身下深谷,然后经阴平,从石坎偷袭南坝。

满庭芳

地埡里①

绿树逶迤,
山埡僻静,
竹墙瓦舍浓荫。
屋前坡陡,

伛偻妇徐行。
几缕朝霞映照，
一瓮水②，
背负前倾。
厨房里、瞽婆③尚在，
热饭火微蒸。

谁能？年八十，
踝残目瞽，
家事支撑。
切菜烹佳味，
擀面熬羹。
男主山村队长，
终日里、忙碌山崚。
自留地、婆孙合作④，
浇水灌时青。

写于 2015 年 7 月 27 日

[注]

①地塝里：地名。山里通常单家独户，习惯以地名指代人家。

②一瓮水：地塝里的主妇是一家之主，男主是抱儿子，但却是生产队长，较少顾家，因而主妇常去两里外用瓮背取食用水。

③瞽婆：瞽，视力模糊。瞽婆家的灶台与案板仅一米的距离，但瞽婆腿脚不便，总要聚足精力，才能往返。

④婆孙合作：主妇出工前将水挑到园里，随后老太太拄着杖，由五六岁的小孙儿牵到地里，老太太舀水，孙儿则拉着她的手，指示道："这，这！"就这样，婆孙二人合作浇灌菜地。

满庭芳

耳　棒①

旭日升空，
樱花漫野，
路湿人语风斜。
半山西畔、高树染红霞。
正砍青冈耳棒，
三五尺、剔尽丫杈。
平铺地、荒山冷月，
风雪听胡笳。

休嗟。离故土，
舍生取义②，
别样生涯。
又是春风绿③，
锄尽草芽。
架上偎依期盼，
雨初霁、绽放茸花④。
君堪慰、参天赞地⑤，
霜露育精华。

写于 2015 年 7 月 22 日

[注]

①耳棒:培育木耳的青冈树棒。

②舍生取义:语出《孟子》。耳棒收获几茬木耳后,便一无用处,甚至不能作为柴薪。

③又是春风徐:耳棒第一年砍下,平铺在林边荒地。第二年才搭架,将四尺许长的耳棒,一头搭架上,一头着地,除去杂草,斜铺满架。

④茸花:即木耳。雨后天晴,便可采摘木耳,铺在竹席上晾晒。

⑤参天赞地:参赞天地之化育,语出《中庸》。

满庭芳

背　肥①

桐树开花,
樱桃结子,
春浓下种时辰。
圈肥初启,
堆户②万余斤。
过秤背分地块③,
人来去、笑语欢欣。
群山里、叱牛声彻,
几汉垄耕勤。

殷殷。留客饭④,
搅团杂面⑤,
辣酱香芹。
主妇频添碗,

恐慢乡邻。
庭杏繁花满树，
雀欢噪、抖落鳞银。
香盈径、春风拂面，
山野最清芬。

写于 2015 年 6 月 27 日

［注］

①背肥：农民用背篓运送圈肥，堆到地里，备种玉米。

②堆户：农户将猪、牛圈里的肥料开挖出来，堆在各家圈旁。

③背分地块：背肥时，每一背圈肥均需过秤，以便统计该户圈肥总数，计算相应工分。圈肥过秤后，队长或有经验的老农，按地面积估算用量，指挥背到就近相应地块。

④留客饭：若背肥需半天以上，通常户主会留下大家吃午饭。

⑤搅团杂面：山区主食。搅团用玉米面作，杂面是玉米、小麦和黄豆三种粮食混合磨面做成的面条。

满庭芳

搅　团①

树纳凉阴，
竹摇花影，
庭园夏日清闲。
白头归客，
寻访昔时欢。
腊肉新蔬豆腐，

家山酒、土碗陶盘。
厨房里、布裙碌碌②，
搅面杵声传。

锅边。泉水沸，
玉尘③漫撒，
短杖回旋。
且待流苏挂，
缕缕轻烟。
酸菜黄瓜鹿耳④，
香葱碎、唾涌汤鲜。
相违久、曾经滋味，
领略旧溪山。

写于 2015 年 7 月 5 日

［注］

①搅团：山区主食。用玉米面搅成黏稠稀团状，舀少许盛碗中，加酸菜汤食用，并以腌菜、辣酱或其他小菜佐食。

②布裙碌碌：主客饮酒叙旧时，主妇仍在忙着准备酒后的主食。

③玉尘：指洁净如玉的玉米细粉。煮搅团时，一手撒面粉，一手持杖搅拌，随后添沸水稍煮，再搅拌至黏稠可垂挂即可。

④鹿耳：指鹿耳韭，山里野生韭菜，做成腌菜，尤其味美可口。

满庭芳

金裹银①

纤手明眸，
鬓云笑靥，
敛衣忙碌厨间。
入汤珍米，
初熟待箕前。
黍面轻揉细裹，
笼蒸熟、始唤如筵。
盘中糁、鎏金蕴玉，
粒粒染风烟。

谦谦②。君子德，
栖身乡野，
养晦林泉。
试问东山志③？
任运随缘。
常伴瓜蔬清淡，
能容得、华宴荤膻。
如今去、龙安古镇④，
尤可享嘉餐。

写于 2015 年 7 月 24 日

055

[注]

①金裹银:指在大米粒上,裹一层玉米面的饭食,山里人称"金裹银"。由于大米稀缺,因而金裹银属精细饮食。

②谦谦:典出《周易·初六爻》"谦谦君子,用涉大川,吉。"

③东山志:东晋名士、政治家谢安,曾隐居会稽之东山。

④龙安古镇:指平武县,历史上曾为龙安府治所。

满庭芳

沟壑烟云①

露草初晞,
山风尚冷。
杯茶庭院清晨。
烟云弥漫,
沟壑任纷纭。
大化②如流万古,
似今日、云雾前身③。
空嗟叹、须臾过去,
屏息仰天钧④。

氤氲。曾寄托,
当年好梦,
飘散无痕。
幸有林泉伴,
松竹相亲。
半世重临幽谷,

寒泉沏、尽挹清芬。

云舒卷、澄岚缕缕，

天籁⑤涤襟尘。

写于 2016 年 8 月 14 日

[注]

①沟壑烟云：山里的烟云极美。随着气候变化，烟云或弥漫山头，或凝聚沟壑。

②大化：宇宙、大自然及其化育万物的功能。

③云雾前身：谓万古如流的大化，如同眼前的云雾。

④天钧：钧同均，宇宙自然而均衡，此谓天道。

⑤天籁：或可视作自然之音声，纯粹而无世俗熏染之声。

满庭芳

粮　仓①

雾敛寒溪，

风摇枯叶，

林边野菊盈香。

屋前阶下，

青壮聚空场。

散木②长条数捆，

高旬丈、竖直编墙。

藤条扎、爬梯③草盖，

巨硕似长框。

何妨。无贼盗[4]，
仓疏气透，
好贮新粮。
待到需用时，
开缝流黄[5]。
弹指星移物换，
攘攘利[6]、浸染穷乡。
终无迹、当年风貌，
恂是[7]大山藏。

写于 2015 年 7 月 10 日

［注］

①粮仓：生产队在保管室院坝空地上，修建了两个简易贮仓，用来收贮尚未干燥的玉米棒。

②散木：指无用之材。典出《南华经》。

③爬梯：简易梯子，以方便将背篓里的玉米棒倾倒进仓。

④无贼盗：山里没有盗贼，所以粮仓不妨建在露天。

⑤开缝流黄：拨开树条仓壁，便可流泻出金黄色的玉米棒。

⑥攘攘利：典出《史记·货殖列传》“天下熙熙，皆为利来；天下攘攘，皆为利往。”

⑦恂是：相信是，或许是。

满庭芳

蜜　蜂

山野精灵，
芳菲使者，
春来终日辛忙。
高崖深壑，
遐迩觅馨香。
夕照嗡嗡声里，
携花粉①、点点金黄。
雄蜂②懒、王孙公子，
巢外尽闲逛。

常常。荆艾叶③，
堆门砌侧，
助卫襄防。
渐雏丰后老④，
拥立新王。
檐下墙头夜暑，
聚箱外、闲话消凉⑤。
星光灿、茫茫宇宙，
齐物⑥岂商量。

写于 2015 年 9 月 6 日

059

[注]

①花粉:是采蜜工蜂的主粮。工蜂用腿部的花粉筐贮运花粉。

②雄蜂:俗称黑蜂。雄蜂一生除交配外,无其他作用。

③荆艾叶:荆芥、艾蒿,气味浓。蜜蜂本来忌姜蒜酒等辛辣气味,但有时却会将一些散发怪味的东西放置巢门,以驱吓敌害,襄助防卫。

④雏丰后老:幼蜂成熟,新蜂王的王台也愈加丰满,蜂后(王)却渐渐老去,这时便需分蜂,老蜂王会提前携部分工蜂出走,另立门户。

⑤消凉:夏天蜂箱内气温很高,晚上闲暇,有时便会有大量蜜蜂聚集在箱外散热,如同人们在户外纳凉、聊天一样。

⑥齐物:蜜蜂与人类一样,有它们不一样的生活。一切都自然而然。

满庭芳

醪糟柿子①

硕果盈枝,
清香溢径,
露浓衣湿鞋沾。
摘来新柿,
盛放两三篮。
素手笼蒸黍饭,
稍摊晾、酒曲微添。
轻除蒂、醪糟填复,
封盖细装坛。

香甜。鲜欲滴,
橙黄玉润,

冰脆人馋。
五内寒流浸，
一往情耽。
胜似蟠桃御宴，
藐姑子②、案几常瞻。
如今叹、珍盈市井，
难觅旧时谙。

写于 2015 年 7 月 14 日

［注］

①醪糟柿子，又叫酒柿子、脆柿子，既脆且甜，味美可口。山里柿树多，有一年邻居送来许多生柿，妻试做了一坛，至今仍回味无穷。这些农家物产，从前深秋时节，市场便有出售，但如今难以寻觅了。

②藐姑子：典出《南华经》"藐姑射之山，有神人居焉。"

满庭芳

木皮农家

知青熊秋碧夫妇，邀余及妻去藏乡木皮农家游。抵木皮过涪江，彼时水鸣如歌，流雾若雨。虽是藏乡，李姓农家却是汉族。其小院依山临水，宽敞幽静，现磨豆腐和玉米水粑，以及酒糟自养猪肉、自酿玉米醇酒令人难以忘怀。

深壑崇山，
临江小院，
茂林青瓦农家。
庭前欢宴，
穷壤客来赊。

温玉①盈盘若雪，
撩人唾、金色香粑②。
山乡脯、杯斟黍酿，
笑靥劝流霞③。

堪嗟。坡对面，
遗踪隐约，
林地曾畬④。
幸得还林策，
绿遍天涯。
日日春风沐面，
颂歌换、畴昔胡笳。
天行健、乾坤事了，
清世万民夸。

写于 2016 年 8 月 26 日

［注］
①温玉：刚做出的豆腐，洁白如玉，尚有余温。
②金色香粑：用嫩玉米磨浆煎制成的饼，其色金黄，其味香甜。
③流霞：传说中神仙的饮料，这里指美酒。
④林地曾畬：畬，火烧地。谓当年曾毁林开荒。

满庭芳

撵鹿狗①

竖耳收腰②，
黑绒炯目，
扈铠轻步泠泠。
主人呼叫，
俄顷现山崚。
戏令当场种地③，
觑人眼、双腿刨坑。
锅边馍、篝旁守护，④
动辄眦⑤牙狰。

春耕。高地畔，
飞身跃下，
一串铃声。
恫吠⑥传沟壑，
时隐时明。
观狩山民笑语：
飨狐舅⑦、不领甥情。
回地里、低头夹尾，
愧色满双睛。

写于 2015 年 9 月 6 日

［注］

①撵鹿狗:山区俗称,即猎狗。

②收腰:腰腹部收束,显得精悍。虒铛:随身佩带的铃铛。

③戏令当场种地:主人吩咐它"种地",那狗便扭头望着主人,一边双脚刨土成坑,以便主人下种玉米或土豆,情景令人捧腹。

④锅边馍:在锅边蒸熟的玉米饼。守护:照看主人烤在火边的馍。

⑤眦:睚眦,怒目而视。

⑥恫吠:恫,恐吓。猎狗追赶猎物时,一边吠叫不停。

⑦飨狐舅:以食物招待狐狸舅舅。山民在高处观看撵鹿狗狩猎,一边调侃打趣,说狐狸是狗的舅舅,所以猎狗拼命追赶,想要留请狐狸舅舅吃晚餐。

满庭芳

磨　房①

冠盖千围,
树高百尺,
敧敫②憔悴沧桑。
天涯来客,
初识黯神伤。
刀斧人声骤响,
朔风里、锯末飘香。
年年梦、终于盼得,
散木作新房。

难忘。悬堰③下,
车盘吱嘎,

激水飞扬。
石磨如轮转，
喷洒新粮。
镇日④欢声笑语，
罗筛撞、面桶哐当。
君如愿、伊人却在，
沟壑里彷徨。

写于 2015 年 7 月 23 日

［注］
　①磨房：由于受地形水流诸多条件限制，本词所述磨房须特大立式水车，才能带动水平石磨转动，因而须砍伐坚韧耐水的大直径树木。记得当年砍伐的是一棵两人合抱的板栗古树。我参与了古树砍伐、水车制作，以及磨房修建的部分活动。
　②皲皲：皲，树皮粗糙开裂；皲，手足皮肤开裂。
　③悬堰：从山溪的上游，沿山崖开凿出来的高水头堰沟。
　④镇日：一整天。

满庭芳
荞凉粉①

天气氤氲，
朝阳晖映，
半坡如梦霞云②。
野山荒岭③，
相识少行人。

待到红花结子，
桟④飞舞、晒坝扬尘。
菱形粒、银心褐面⑤，
棱角傲然分。

艰辛。稍磨擂，
簸除硬壳，
细细搓匀。
浸泡轻纱滤，
沉淀汤珍。
锅里千回搅拌，
如凝玉、糯滑香纯。
饷佳客、蓬门令誉⑥，
堪慰梦成真。

写于 2015 年 7 月 25 日

[注]
①荞凉粉：龙安山区的特色食品，虽制作不易，但做成后，只要稍加调料，便成佳肴。当年仅用盐水加辣酱，亦味美可口。
②半坡如梦霞云：春荞开花，美如红霞，蔚为壮观。
③野山荒岭：荞麦多种在僻远之地，山外人但见一坡红花，却不知是何物。
④桟：木桟，农村手工脱粒麦穗、荞子的工具，俗称"桟架"。
⑤银心褐面：荞子(甜荞)皮为黑黄色，质地却是白色的。
⑥令誉：美好的名声。

066

满庭芳

杂　面①

盘石徐旋，
清流飞溅。
临溪独立磨房。
殷桃笑靥，
秋晓试新粮。
面柜罗筛频撞，
漫天雪、细粉扬扬。
三君子、山盟海誓，
结伴度沧桑。

难忘。泉水煮，
冰丝玉屑②，
土豆浓汤③。
韭菜葱辣酱，
梦里山乡。
茂竹堪如五柳，
只须是、杂面飘香。
开三径④、安排杯碗，
乡野共徜徉。

写于 2015 年 7 月 2 日

[注]

①杂面：山区主食，以玉米、大豆、小麦混合磨面做成的面条。

②冰丝玉屑：冰丝，洁白的细面条。玉屑，煮面时撒的少许玉米粉。

③土豆浓汤：煮杂面时，先以去皮的小土豆熬汤，待土豆初熟后，再下杂面条，同时撒少许玉米面粉稠汤，最后撒少许盐粒调味，食时佐以酸菜辣酱，极其可口。

④三径：王莽时，蒋诩辞官归里，宅院中独为好友留三径往来。典出陶潜《归去来兮辞》"三径就荒，松菊犹存。"

满庭芳

盘　歌①

碧绿禾丛，

铿锵锣鼓，

山塆蘼草如荼。

白衣歌手，

停鼓谜歌殊②。

古调新词婉转，

但听得、青壮忘锄。

敲锣汉、从容唱答，

浅笑气神舒。

嗟乎。谁料到，

知青谜底，

瞒过村夫③。

可叹盘歌者，

自骂为猪。

顷刻漫坡笑语，

青年乐、笑倒翁姑。

欢声里、鼓师唱道：

知友是头驴④!

写于 2021 年 1 月 2 日补记

[注]

①盘歌：薅锣鼓草时，草先生(即锣鼓师)相互以歌声问答。

②停鼓谜歌殊：农友彭有清是队里的"草先生"，职司打鼓。他的嗓子清亮高亢，是主唱人。薅草开始时，锣鼓师们只是敲锣打鼓，待人们陆续到齐，薅草队形稳定后才开始唱歌。草歌常这样开头：

薅草地里闹沉沉，尊声父老听分明。

草歌三千六百部，青山十万八千寻。

哪个歌郎唱得完？哪个先生量得清。

众位耳听手莫闲，今日姑且为你论。

③瞒过村夫：村夫指彭有清，谓其憨直。我只告诉他谜面，却不肯告诉谜底，存心让他自唱自骂。我编的那首谜歌是这样的：

十斤小豆有三斗，缺脚大儿骑月走。

山水流经青山外，无帽定要晒热头。

大字一边生双耳，反爪卧者家家有。

第一句是"彭"字拆分；第二句是"有"字；第三字是"清"字；第四句的"热头"，当地谓太阳，无帽的"定"字晒太阳，就是一个"是"字；第五句是"头"字；第六句一个反爪，加一个"者"，就是"猪"字，合起来谜底就是："彭有清是头猪"。

这首谜歌虽不精彩，但却有趣，山里有不少草歌亦十分有趣。有一首草歌唱道：

热头出来暖洋洋，照到对坡赵五娘。

大儿柳州做生意，二儿上门海龙王。

069

只有老幺莫出息，锣鼓声声草歌长。

草歌里常提到柳州，似乎那是一个美好的地方。至于海龙王，大概是指给富家当上门女婿，有鱼跃龙门的意思。草先生唱这首歌，大概是自谦。另外有一首关于学童的草歌，也挺有趣：

热头当头照，

先生放学早。

先生吔——

你要放学先放我，

学生路上有耽搁。

那时候的学生，十岁发蒙也不算晚，到小学高年级时，早已成了情窦初开的半大小伙子。这小伙子不说家里有事，而是路上有耽搁，真是意味深长。

④知友是头驴：知友，即知青朋友。

彭有清被作弄后，立即以草歌反击。他回敬的唱词用的俚语，杂乱无韵，但大意却明白，经整理，可以七绝表述如下：

下河远看一牲畜，

背上还驮两捆书。

忽到跟前方认得，

原来知友是头驴。

歌词里的"下河"，泛指涪江下游地区，山里人对来自这些地区的手艺人、生意人、逃荒人，以及上山下乡的知青，一概称为"下河人"。

摸鱼儿

猎野猪①

密林中、略窥人影，
持枪探径寻迹。
几条猎犬哐哐叫②，
枝晃赫然身脊。
枪忽击。
猪骤怒、回头狂暴奔人袭。
闪开未及。
一嘴拱凌空③，
飞身撞树，
枪响野猪匿。

枯枝地、叶动疑生心急。
两枪误断双柏。
途穷腿折头埋地④，
齐射震天惊魄⑤。
毛若炙。
躯黑半、皮中百十砂丸粒。
唏嘘叹息。
丘壑自逍遥，
缘何出岭，
毁地夺人食⑥？

写于 2018 年 10 月

071

[注]

①猎野猪：山区谚语"一猪二熊三老虎。"山里人认为野猪最为凶悍，胜于熊与虎，对庄稼危害亦最大。野猪皮厚，猎枪子弹不易穿透。在野猪出没的地方，人们在地里搭棚守夜，一有动静便猛烈地敲锣，借此吓走野猪。那年野猪确实很少来骚扰，毁掉的庄稼不多，倒是刺猬添了麻烦。据山里老农讲，那小家伙精得很，它先用头摇晃玉米秆，以判断玉米棒是否硕大，然后才用锋利的牙齿割断玉米秆。

②哐哐叫：猎犬一旦发现猎物，或者嗅到野兽的气息，便会寻迹追踪，不停地吠叫，以引导猎人，其叫声如"哐哐"。

③一嘴拱凌空：那头硕大的野猪，早已与猎人们周旋过多次，但猎人们总是无功而返。

④途穷腿折头埋地：野猪终于被打折了腿，不能再逃。猎狗围上去，野猪以头触地，在原地转圈，徒劳地避让猎狗们团团撕咬。

⑤齐射震天惊魄：猎人们围拢，抵近连开了九枪。结果只有一枪穿颈，其余弹丸一半嵌在皮里，一半留在皮外。火药烧焦了野猪的鬃毛，熏黑了半边身架。那头野猪足有三四百斤，事后，仅从猪身上清理出来的猎枪弹丸铁砂子，将近一公斤。

⑥毁地夺人食：我插队的生产队属"高山队"，较之平坝生产队，有两个显著的优势，一是有柴烧，二是不缺粮。但口粮也不过400多斤。

念奴娇

白果树①

路旁篱外，
向青天、一簇②亭亭嘉树。
盖欲撑天张半伞，
持扇佳人延伫。
漫野秋风，
金黄粉蝶③，
相约翩翩舞。
芳辰留待，
雪中幽寂怀顾④。

腊去春又匆匆。
年年无果，
散木⑤终成误。
色若凝脂材若玉，
沦落风尘家具⑥。
可叹松筠，
晨昏清景，
失却烟霞侣。
惟今榛莽⑦，
蔓枝徒惹风怒。

写于 2015 年 8 月 20 日

073

[注]

①白果树:落叶乔木,挺拔高峻,果实可入药,亦可食用。白果树有雄雌之分,雄树永不结果。

②一簇:谓靠得很近的几株树。半伞,树冠犹如未撑开的大伞。

③粉蝶:白果叶如扇,深秋时,枯黄的树叶在风中犹如蝴蝶飞舞。

④怀顾:怀念,回顾。语出《诗经·小雅·小明》。

⑤散木:无用之材,典出《庄子》。年年无果,故有此谓。

⑥风尘家具:白果树木质细腻洁白,是制作家具的上等材料。

⑦榛莽:榛,落叶灌木。榛莽,丛杂的荆棘草木。

念奴娇

春 山

樱桃才谢,
杏初开、暖日繁花盈树。
鹊跃枝头、纷雪坠,
洒落银璘弥路。
远近寻呼,
颤音长笛①,
翠叶浓荫处。
琼枝芳草,
掠飞山雀欢侣。

打鼓何处咚咚②?
画眉鸣畴,
犁鸟③枝头觑。

嘹亮清明④、催捡粪，
黄雀空山唤雨⑤。
野雉咕咕，
扑腾求偶，
颈竖斑斓羽⑥。
鹧鸪声断⑦，
梦中依旧如缕。

写于 2018 年 10 月 3 日

［注］

①颤音长笛：一种小鸟的叫声，其颤音圆润若吹笛。

②打鼓何处咚咚：打鼓，即打鼓鸟，山里称谓，其声咚咚若打鼓。

③犁鸟：指"犁头鸟"，其头冠好似一顶船形帽，农人说像犁。

④清明：指清明鸟，其声若"快——检粪！"另一只答："捡快些！"

⑤黄雀空山唤雨黄雀的叫声是"快下——"，另一只问"啊？"它重复道"快下——"，另一只则应道"雨——"。

⑥颈竖斑斓羽：野鸡求偶少不了打架斗殴。相斗时，两只野鸡伸长脖子，竖起斑斓的羽毛，发出咕咕的叫声。

⑦鹧鸪声断：春天的夜里，有一只鸟总是孤独地叫着"哥啊！"似乎只有一只，时而在杨家山，时而在杜家山。

念奴娇
失去的家园

流连惊梦，
尚嗡嗡、春日遥山乡曲。
宅畔林边、芳草地，
一处藤崖箱屋①。
垄亩纷飞，
寻花探蕊，
携粉②归相续。
莺啼高树，
翠岚香沁幽谷。

蜂扑人脸求援，
匆匆解困，
掌击媸蛾促③。
孰料天垂、无妄祸④，
日暮家园悲肃。
风冷巢空，
残肢断体，
良桀⑤同堆簇。
民胞物与⑥，
此心长为伊哭！

写于 2018 年 10 月 12 日

[注]

①箱屋：蜂巢，状如箱柜，顶盖四侧可通风，前留窄缝作进出通道。老式蜂巢则用一段圆木，一剖两半挖空做成。

②携粉：工蜂采蜜于腹，其采撷之花粉，则盛在腿筐中，归巢时为人所见。

③掌击媸蛾促：某日，几只工蜂接连撞我的脸，初觉奇怪，稍后惊悟，便立即奔向蜂巢。果然，两只大而丑陋的飞蛾正在蜂巢上方，此蛾俗称"土蟞头"，总是直接把蜜蜂一只只抓走。当时，无合适物件，我直接以掌将其击毙。

④无妄祸：语出《周易·无妄》，无妄之灾，此谓突然降临之灾。

⑤良桀：蜜蜂与马蜂。马蜂极凶残，故谓桀。灾祸源于马蜂入侵，双方激战，但蜜蜂缺乏制敌手段，据说只能靠团团围困令其窒息之术。随后蜂王率众出逃，留下遍箱残破肢体，其中有几具马蜂死尸，场面令人震撼。

⑥民胞物与：胞，同胞。与，同辈，朋友。简言之，人与万物皆为同类，均应一视同仁关爱。典出北宋学者、理学家张载《西铭》"民吾同胞，物吾与也。"

念奴娇
冬夜故事

寒冬长夜，
火塘边、主客闲聊柴米①。
哔啵声中、张老汉，
开口趣闻奇事：
话说端公，
长袍木剑，
驱鬼跳神始。

农家熏腊，
尽抛墙外丛里②。

忽听人叫爸爸：
"背筐满了，
太重身难起③！"
剑舞稍停、徐唱道：
"你是何方妖鬼？
莫乱攀亲，
少背多跑，
空篓重来矣！"
满堂哄笑，
直呼谁掉牙齿④？

写于 2015 年 9 月 25 日

[注]

①闲聊柴米：山里人家，秋冬时节，逢节庆寿喜酒宴后，便聚在火塘边聊天，话题不过油盐柴米而已。这时，通常有人开讲山外奇事。

②尽抛墙外丛里：把敬神的熏鸡、腊肉等物，一块块抛向墙外草丛里。

③身难起：指背不起，难以起身。

④谁掉牙齿：谁笑掉了牙齿。有人调侃，说地上不知谁掉了牙齿。

念奴娇

炒炒饭①

冷山孤镇②，
聚知青、涌动迟来春色。
列席沿街③山里饭，
一碗黍粮初识。
辘辘饥肠，
慢吞强咽，
始觉芳唇涩。
月窥铺枕④，
有人清泪偷滴。

因念云树花蹊，
重来故地，
往事如潮逼。
最忆金飧⑤添腊味，
欲作街头餐客。
借问乡民，
从前滋味，
何处寻求得？
良久回答：
恐无谁喜粗食。

写于 2018 年 8 月 25 日

［注］

①炒炒饭：用玉米面做成的干饭，曾经是山乡主食。

②冷山孤镇：指平武坝子公社，一个群山环抱中的小镇。一九六五年三月四日，从遂宁上山下乡到平武的知青，傍晚时抵达公社，于次日分组到五个生产队插队。

③列席沿街：指沿街列席，在公社唯一的一条街道上，布置十余张饭桌，接待百余名知青。

④铺枕：百余名知青在公社楼面，分男女宿地铺。

⑤金飧：指玉米炒炒饭，因颜色金黄，故曰金飧。炒炒饭用腊肉佐食，与酸菜搅团、土豆杂面一样，是经典的山乡风味。

念奴娇

落河盖①

五旬年矣，
记当时、尚有茔碑坟地②。
李氏夫人名讳在，
马藐字头弥碎③。
过往山民，
分明褒贬，
最合吾侪意。
人云该处，
蔓枝常坠清泪。

昨夜幽梦边关，
婷婷袅袅，
应若春兰媚。

孰料戎装长剑客，

巾帼英雄豪气。

壮志难酬，

瓦全不齿，

宁肯投江弃。

英灵安在④？

盖头芳草青翠。

写于 2015 年 8 月 7 日

[注]

①落河盖，地名，在今平武县南坝镇。盖，当地俗语，意为土坎。三国时南坝为蜀汉江油关，守将马邈投降邓艾，夫人李氏投江，其投江处后人称为落河盖。

②茔碑坟地：昔年镇边山麓有碑，镌"马邈李氏夫人碑"字样，我五十年前上山初到南坝时，曾见过那座墓碑，但如今早已毁弃。

③马邈字头弥碎：弥，满、遍，此处引申为皆、全。墓碑上的"马邈"二字早已毁损，据说，是过往的背篓客用拐杈子（供歇气时承重用的器具）戳毁。

④英灵安在：如今的落河盖，只是一处地名，她是在何处坎崖投江的，没有人知道，但那儿应当芳草萋萋。

081

水调歌头

龙凤山庄①

山麓碧江畔，
丽日照农庄。
华楼朱户，
绿绕庭院客迎廊②。
奇石花丛啼鸟，
佳树风亭芳草，
曲水可流觞③。
林茂好消暑，
乡野晚尤凉。

鬓堆雪，
心息浪，
厌名缰。
瑶琴书帙茶道，
朝暮意徜徉。
玉饺飘香客艺④，
翠圃时鲜自摘，
笑靥任君尝。
红蓼⑤梦成昨，
吾老水云乡⑥。

写于 2016 年 7 月 31 日

[注]

①龙凤山庄：平武农家乐，离城七里，颇有山乡淳厚之风。

②客迎廊：指山庄入口的"迎客廊"。

③曲水可流觞：山庄有"曲水流觞"小景，但似乎并未开展活动。

④玉饺飘香客艺：由客人自己摘菜、做馅、和面，自制水饺。

⑤红蓼：水边草名，味辛辣。

⑥水云乡：清幽隐居之地。

水调歌头

沟壑云海

雨霁晓风冷，
月黯数鳞星。
藏头迤尾，
沟壑纡折白龙横。
曙色东方初染，
霭霭波涛徐起，
漫漫浸山崚。
玉乳淹村落，
云海接天平。

渺无际，
觅无渡，
寂无声。
絮云袅袅飘散，
旭照碧空澄。

唯剩溪间篱畔，
几缕轻烟恋树，
不肯去天庭。
胜景如虚幻，
谷静鸟幽鸣。

写于 2016 年 8 月 11 日

水调歌头

栖云山庄

云掩小楼院，
林静鸟啼稀。
粉墙幽竹，
芳草庭树映晨晖。
遥指山崖那畔，
远隔繁华市井，
恍若画图迷。
旭日霞光里，
舆侣过斜陂①。

竹筒水②，
花盈径，
绿成畦。
新茶芸帙弦管③，
逸兴甫遄飞。
偶与刘伶④论酒，

084

闲伴渊明⑤赏菊，

莞尔泯心机。

窗滴梧桐雨，

梦觉倍思归。

写于 2016 年 7 月 29 日

[注]

①舆侣过斜陂：游客结伴乘车，从斜坡公路向山上驶去。

②竹筒水：用竹筒从山涧引来的泉水。

③新茶芸帙弦管：新茶，当年的绿茶；芸帙，书籍；弦管，乐器。

④刘伶：东晋竹林七贤之一，善饮，著有《酒德颂》。

⑤渊明：陶渊明，东晋杰出诗人、辞赋家，曾任彭泽县令。

水调歌头

山樱桃

清泪送梅去，

寒雨隔崖霏①。

路旁林里，

花浅叶暗识人稀②。

不妒东风桃李，

却羡幽兰秋菊，

遗恨不同期。

岁岁候春早③，

默默委身泥。

春耕季，
疏林畔，
午炊时。
村姑沟壑寻水，
少顷踏歌归。
簇簇一枝檀玉④，
映日莹莹露滴，
含笑向郎嬉。
山野深闺⑤女，
与尔两相知。

写于 2017 年 8 月 5 日

[注]

①寒雨隔崖霏：寒雨，初春时节的雨。隔崖，对面山崖。

②花浅叶暗识人稀：山樱桃花小，色灰白，叶暗绿，果实颗粒小，不为时人所知。山樱桃树在山林中较寻常，但只是作为柴薪。

③岁岁候春早：山樱桃树春天最早开花，但其果实除被鸟啄食之外，大多自生自灭，委身泥土。

④一枝檀玉：一枝结满红樱桃的树枝，嫣红的樱桃犹如美玉。

⑤深闺：闺，弧形顶部的小门，女子内室。山野之闺，不谓不深。

水调歌头

鸟 巢

　　我携妻又回生产队,住杨家山。章虎夫妇同往。正值暑假,赵国义夫妇的儿孙均回老家,十分热闹。但一年中绝大多数时间,偌大的杨家山宅院,只有两对老夫妇孤寂地度日。

去岁廊前柱①,
竹篓鸟为栖。
玉珠三五,
忽变张喙小丫啼②。
不识当年雏鸟,
却见归来孙辈,
结伴绕庭嬉。
翁戏长绳跳,
妪摘雪香梨。

半栏猪,
漫坡地③,
遍林鸡。
牝牛园圃,
晨起忙碌日沉西。
寒暑年年期盼,
风雨时时远虑,
寂寞独怀思。

未几儿孙去,
如鸟弃巢飞。

写于 2016 年 8 月 16 日

[注]

①去岁廊前柱:我在《贺新郎·农户》中记述了一件事,廊柱上,主人挂着
一只空闲的竹巴篓,鸟儿在里面产卵育鸟,觑见无人时,方入巢哺育。

②小丫啼:刚来时巢里还是三五颗鸟蛋,忽然变成张喙的小鸟。

③漫坡地:最初两夫妇一年种三十亩地,后来听说已减半。

水调歌头

山野中秋

仙袂拭金镜①,
碧海泻清辉。
华楼幽径,
满园嘉树掩芳菲。
暑褪阳台凝伫,
遥想曾经月色,
最怕笛横吹。
桂魄冷山浸,
灯火黯然稀②。

立秋后,
更农事③,
月圆时④。

杀猪犒众,

庄户期盼最心仪。

此事非关节庆,

无涉嫦娥玉兔,

只为锈肠怡。

试问蟾仙子⑤,

笑靥几曾窥?

写于 2016 年 6 月 24 日

[注]

①金镜:指月亮。典出元稹《泛江玩月诗》:"远树悬金镜,深潭倒玉幢。"拭,谓仙人用衣袂把月亮擦拭得更加明亮。

②灯火黯然稀:山区人烟稀少,庄户院落相隔甚远。

③更农事:秋天是收获的季节,山里开始挖土豆、打核桃、掰玉米了。

④月圆时:中秋是农村最重要的节日之一,生产队一要放假,二要分红,三要杀猪分肉。

⑤蟾仙子:这里泛指月宫中的仙人。

水龙吟

修保管室①

漫沟黄叶红枫,

露莹野径山迷雾。

苍山踏遍,

细裁桷檩②,

剔桠清树。

路滑林深，
千钧巨木，
合抬归去③。
挟清芬扑面，
横堆斜放，
山崖畔、平基处。

茧手锛锄④马步。
刨初圆、曲梁长柱。
丈竿⑤定尺，
齐头缠墨，
掌墨师傅⑥。
锯凿声传，
谷回斤斧，
连旬朝暮。
待房椽钉毕，
焚香顶礼，岁丰粮著。

写于 2015 年 7 月 9 日

[注]

①修保管室：本词尝试描述山里穿逗房屋的修建过程，即搜青山、抬料、刨木、齐头缠墨、凿孔作榫、立房上梁、铺钉椽子。

②细裁桷檩：桷檩皆为房屋构件，泛指对所伐树木的安排取舍。

③合抬归去：山里抬又长又重的木料时，通常用"蚂蚁抬树"之法，即由许多人一齐扛着走。由于山路崎岖，位于路面高处者，须肩承千斤，而同时位于路面低处者，则空肩行路。

④锛锄：木匠工具，如一把小锄，双手握，蹬马步，以铲平木料。

⑤丈竿：木匠把柱上须打眼的尺寸全部标在一根竹竿上，称为丈竿。划墨时，只需用丈竿便可将柱上的孔洞标注完善。

⑥掌墨师傅：主持修房、定竿划墨(即缠墨)的领班木匠师傅。

鹧鸪天

平溪乡宴

　　平溪新村系地震灾后新建,有五十余户。新村群山环抱,溪水潺潺,凉爽宜人。我初到小区当晚,新村街巷中举办了一次别开生面的宴会,欢迎原村民王老先生从成都归来,探访亲友。

粉壁朱楹檐脊飞。
新村闾巷映斜晖。
当街列席开乡宴①,
篝火飘香烤土鸡②。

情似水,忆平溪。
村邻同庆故人归③。
欢声复饮家山酒。
不觉东方曙色微。

　　　　　　　　　　　　写于 2016 年 8 月 10 日

[注]

①当街列席开乡宴:新村布局是城里那种"街道式",没有了院落,宴会便直接在街道上举行。

②篝火飘香烤土鸡:桌上摆着下酒菜、煎饼之类的食品,不少人围着篝火烤鸡,熟后便砍切装盘端上桌,村民们自由取食,或坐或四处走动敬酒,气氛热烈。

③村邻同庆故人归:乡宴是为欢迎王老先生而举行的。老先生原是平溪村乡民,如今已随儿女在成都定居,这次回来探望故友。

第三章　龙安人物

题　记
（七绝）

青帕蓝衫眉目慈，

春风桃李正当时。

几回梦里携君手，

重见唏嘘步履迟。

贺新郎

杨 婶

料想当年媚。
对山歌、招郎入户①，
青春情味。
岁月匆匆流水去，
背偻心疲色晦。
腊月夜、终生犹记。
悲诉卖猪钱被盗，
把艰辛、尽付伤心泪。
空嗟叹，
不堪慰。

南山春种人皆累。
歇气②时、地边扯草，
补衣瞌睡。
背水背柴浇菜圃，
推磨喂猪洗被。
事未竟、挑灯还继。
路阔山遥重相见，
步履艰、向火③塘边位。
灿然笑，
似花卉。

写于 2015 年 7 月 28 日

[注]
①招郎入户：招入赘的女婿，山区称其为"抱儿子"。
②歇气：劳作中的短暂休息。
③向火：烤火。

贺新郎

寻夫女

鱼雁无消息。
向人询、丈夫去处，
眼眉凄恻。
赶集乡邻多碰面，
咋会阴阳阻隔？
语未竟、声先哀戚。
人道曾经疑相遇，
正匆匆、满面春风色。
复悲恸，
泪长滴。

从前络绎求婚客。
却偏偏、垂青木匠，
鬼迷心魄。
山路不平终要走，
岂可抛家弃宅？
总也应、稍传文墨。
在外莫非重又娶，

讨老婆、多少才安逸？
声泪下，
不能抑。

写于 2017 年 8 月 20 日晨

贺新郎

王元兴

蔓草溪边路。
白衣衫、黑棉马甲，
驻村干部。
暗笑磨房来喜鹊，
三五农人打趣。
向屋里、劈头叩语：
"听说有谁麻风病？"
磨盘边、一汉弥凄楚。
人皆笑，
目投汝。

孤身随姐山头住。
雨雪中、眉枯鼻瘦，
褐衣单裤。
岭上①霜寒销胆气，
总是听人吩咐。
星物换、苍天垂顾。
薄土退耕栽杉木，

盖新房、晚辈腴②如许。
曾偶见，
靓甥女。

写于 2018 年 9 月 5 日

[注]
①岭上：地名，王元兴的家在山岭上。
②腴：丰厚肥沃，这里借指富足。

贺新郎

乡　医①

庭院蜂窝乱。
运穿枋②、倒霉会计，
腿伤胫断。
不肯截肢抬县里，
只待乡医治患。
其术异、山村传遍。
昔日杨家翁折腿，
怨乡医、路过施玄幻。
甘认罚，
自赔半。

长须瘦脸毛皮冠。
草叶间、漫寻细采，

地边篱畔。
石臼捣茸敷草药,
碎骨却差一段。
绿丛觅、骨添夹板③。
苒苒光阴人已去,
小溪旁、赶集曾经见。
腿无力,
右稍短。

写于 2016 年 10 月 24 日

［注］
①乡医:指山里的民间医生。
②穿枋:穿逗房屋的主要构件。
③骨添夹板:乡医给会计接腿时,发现少了一片腿骨,但天色已晚,便临时做了包扎。第二天,派人去草丛中找到那片碎骨后,乡医重新补上,再敷上草药,把夹板固定好。

江城子

严大爷

抬田伙食面平摊①。
叟慈颜。
待锅边。
添饭谁来,
暗里逐人观。
叹气连声"三碗了!"②

端碗汉，
目睁圆。

夜来林地冒浓烟。
众心煎。
喊声喧。
救火奔忙，
老汉欲朝前。
几步回头心转念：
先检讨，
理由编。

写于 2015 年 7 月 1 日

[注]

①面平摊：20 世纪 70 年代，大队组织抬田改土，办集体伙食，所需口粮，无论食量大小，均按人头平均分摊。面，指玉米面。

②连声"三碗了"：吃饭时，严大爷总是坐在灶门前，每当大肚汉添饭时，他便连声叹气，低声嘀咕"三碗了！"

江城子

杨大爷①

白云缭绕瓦房间。
砌阶前。
笑开颜。
满面风霜，

100

迎候小青年。

山里醪糟②纯似酒，

嘘冷暖，

饮塘边。

迟迟春色柳翻跹③。

饯行筵。

嘱平安。

舐犊情深，

执手赠茶钱④。

层布贴身温尚在，

铜板小⑤，

重如山。

写于 2018 年 9 月 18 日

［注］

①杨大爷：杨家山户主。

②山里醪糟：山里的醪糟，是用煮熟的玉米面加酒曲做成的，糟呈絮状，酒味较重，如加蜂蜜，十分可口。

③迟迟春色柳翻跹：我在生产队待了许多年，农友都说我只能与他们一样终老山野了，不料却晚得招工之幸、折柳之欢。

④茶钱：指"茶水钱"，山里风俗，小辈远行，老人须打发茶水钱。

⑤铜板小：当时劳动日值四角，只有逢年过节时，穷困户才能向生产队借支一至二元现金。杨大爷当年打发我茶水钱一元。

满江红

忆王元平

生产队长王元平,清瘦倔强。我插队时他已年近五十,但嗓音却异常嘹亮高亢,狩猎与农事皆个中高手。

暮雨菲菲,
竹篱外、枝摇绿湿。
收工后、偏房同饮①,
恍如昨夕。
野菌黄瓜盐醋味,
苦茶浊酒欢愉色。
火塘融、门外任萧萧,
吹窗隙。

高腔②调,
声如笛;
山林狩,
英姿逸。
那日塘边夜,
敞开心魄。
惟念下河锣鼓戏③,
常思中坝丰腴食④。
叹如今、人去愿成空,
悲难抑。

写于 2016 年 7 月 26 日

［注］

①偏房同饮：我与队长是邻居，仅隔悬崖约半里山路，因而常与队长打平伙。那一次他出林中采摘的鲜菌，我出沽来的劣质白酒，在他那间独居的偏房里，升起塘火，一同烹食饮酒。

②高腔：山歌中的一种调式。唱高腔时，唱者多用手捂一只耳朵。

③下河锣鼓戏：下河，泛指涪江下游。锣鼓戏，传统川戏，其锣鼓热闹急切。

④中坝丰腴食：中坝，川北重镇，现为江油市委、市政府所在地。丰腴食，丰厚油腻的食物。

满江红

20世纪70年代，有两位书记余印象至深：社员大会上，区委副书记宁愿忍受鲁莽汉子的当众羞辱，也不肯动用现场民兵；一青年径闯县委书记处，求解困厄，书记欣然援手。两书记高风亮节，恐难再遇。

肃杀霜秋，
民兵列、社员齐聚。
鲁莽汉、冷嘲书记，
令蒙羞侮①。
宁对千人颜面失，
不因一错粗心铸。
怒强吞、雷电化春风，
高山慕。

华胥梦②，
山乡旅；

103

时运舛，
亲无助。
径闯平房院③，
县衙官署。
诚奉清茶称友客，
细聆苦水如兄父。
忆尤深、
涓滴润心田，
春时雨。

写于 2016 年 8 月 22 日

[注]

①令蒙羞侮：区委副书记出席大队社员大会，而且还有持枪民兵现场执勤，但几个青年社员居然还在台下嬉戏，因而书记十分生气，让其中一人站起来问话，没想到那人却骂骂咧咧，还指责书记不调查研究。书记虽然脸色难看，但仍好言劝勉，回到议程。余当时便钦佩不已，以为若是气量狭小之辈，早已令民兵动手处理或驱赶那厮了。

②华胥梦：典出《列子》。陆游诗曰："饭余一枕华胥梦"，此谓理想。

③平房院：当时尚无楼房，县级机关均设在平房院里。

满江红
牛木匠

20世纪70年代,知青凌春荣小女手肘脱臼,区医院只是消炎镇痛。无奈只得负女去数十里外,求治于一位山民。春荣当时给了五斤粮票及两元钱作诊费。

医院归来,
疾如昨、哭啼不断。
肘红肿、众邻关切,
老农叮劝:
不若穷乡①牛木匠,
枉图闹市区医院。
备干粮、负女向深山,
云纷乱。

牛木匠,
牛衣②汉;
随手摘,
庭边蔓。
入口徐徐嚼,
细敷炎患。
莞尔端来清水沏,
猝然喷出娇囡颤。
事毕言:

105

痊愈待三天。

诚如愿。

写于 2018 年 10 月 20 日

[注]

①穷乡:牛木匠只是擅长接骨之类疾患,家在深山野岭。

②牛衣:破烂衣裳。

满江红

山林骑士

搭乘摩托车回当年插队山乡,恐怕是我一生最为惊险的经历之一,在险峻的山路上风驰电掣,令人不寒而栗。摩托车手皆为年轻山民,技术熟练,收费低廉。

莽莽群山,

羊肠道、崖悬弯急。

远行苦、手机呼唤,

载人摩的①。

耳畔渐闻摩托响,

林中俄顷飞骑出。

勇士盔、奔马纵豪情,

英雄魄。

环腰抱,

车郎腋;

双眼闭,

无颜色。

突突徐停处，
瓦房篱侧。
嗟叹旧乡寻访汉，
恍如冥界轮回客。
临别言、明岁待君来，
通途昳。

写于 2016 年 8 月 15 日

[注]
①摩的：山里人称从事客运的摩托车为"摩的"。

满江红

掌墨师①

传说当年，
立房日、欢腾如雀。
流水宴、墨师谦让：
客先入桌。
从未客人先落座，
犹如驮马不生角。
谶语裁、空屋待人居，
知青泊。

头花白，
胡须握；
宽腿裤，

107

腰绳索。
背负棕兜去,
赶场装馍②。
出入饭厅毫不羡,
见闻地里添闲乐。
没人知、何事斗柯③闲,
甘农作。

写于 2016 年 8 月 18 日

[注]
①掌墨师,主持修建穿逗木架瓦房的资深木匠。
②赶场装馍:掌墨师赶场时背一个棕绳网兜,里面是玉米面在火塘灰里烧制的"火烧馍",其馍圆形,直径七八寸,厚寸许,又沉又硬,如同砖石。
③斗柯:斗,墨斗;柯,斧头。二者均为木匠工具。

满庭芳

硬汉队长①

瘦骨嶙峋,
白瘢狭面,
一尊峭壁山崚。
忆先怀旧,
豪杰气犹矜。
岩洞生擒土匪②,
猎枪在、墙上斜横。
惟床上、熊皮褥子,

108

昭著往时名。

堪称。风雨里，
心萦社队，
粮秣春耕。
畴昔跟随去，
备料搜青③。
一木凌空搭架，
树梢晃、倚靠无凭④。
低头看、持刀自语：
"跌下没多疼！"

写于 2015 年 8 月 15 日

［注］

①硬汉队长：指王元平。

②擒土匪：新中国成立初期，他与另两位猎人一道，生擒了藏在山洞里的有名土匪，其随身物品分别奖给猎人，据说，他得了一支枪。

③搜青："搜青山"，指把遍布山林预先选择砍倒的树，逐一剔净丫枝，截断梢头，初步整理，以备人力抬运。

④倚靠无凭：斜倾之树，距地三四米，而人在立树上又毫无依靠，断料后只能随料跌下地。

满庭芳

山村少女

翠柳娇柔，
碧流清澈，
村姑弄水嬉嬉。
夕阳西坠，
斜照映芳姿。
赶集回家偶遇，
笑相告、河里鱼奇①。
平波处、翻开卵石，
寻得小虫蚩②。

溪湄。枝蔓捆，
僵虫作饵，
直入潭矶。
少顷鱼离水，
盈寸卑微。
只眼凄凉暗淡，
草丛里、徒自伤悲。
低眉语：
"可怜太傻，
不若放伊归。"

写于 2015 年 8 月 1 日

[注]

①河里鱼奇：山溪里的一种鱼，极小，不需钓钩，只需用树枝作钓竿，虫子作饵。那小鱼不知深浅，咬着食物还没松口，便被拖出水面，扔在草丛里。

②小虫蚩：一种面目可憎的小虫。

念奴娇
小猎手

当时记得，
正清明、拾具菜园耕地。
忽听童音，
呼叔叔、照眼晨曦林际。
布袄棕鞋①，
扛枪束带，
少小英雄气。
传言围猎，
一枪曾落獐子②。

半晌山岭归来，
锦鸡三只，
面露骄矜意。
执意扶犁，
身个矮、只及庞然牛尾③。
耕罢垂评：
"牛儿未驯，
不走犁沟里④。"

111

星移年往，
未知仍此佳矣⑤!

写于 2018 年 10 月 5 日

[注]

①棕鞋：指棕耳草鞋，用棕编制的草鞋。

②獐子：十岁那年，猎狗把獐子撵上树，他用父亲给他做的小猎枪，一枪就把獐子打了下来，所取的麝香，据说当年卖了四十元。

③只及庞然牛尾：他个子矮小，须奋力蹬足，斜着身体用劲扶犁，因而看起来只有牛尾巴高。

④不走犁沟里：驯好的牛，一犁到地头折返时，它会沿犁沟耕下一犁。而未驯好的牛，在地头折返时，则不听招呼乱走。

⑤未知仍此佳矣：典出《世说新语·言语第二》。东汉末，名士孔融少有异才，十岁时，独自谒见司隶校尉李膺，其言谈众皆奇之。太中大夫陈韪曰："小时了了，大未必佳。"孔融回应道："想君小时，必当了了。"

水调歌头

张队长①

初识君风貌，
插队接迎时。
盘头青帕，
绑腿蓝袄映晨晖。
翌日领头地里，
指点山间村落，
俚语脸常嬉。

112

忽却足勾树，
倒挂帕垂畦②。

夏耘毕，
秋声起，
近佳期。
屠猪飨众，
吆喝农户院中齐③。
肥瘦锱铢悉顾④，
惟独差分自己，
一笑手连挥。
"不用调斤两，
家有母鸡肥。"

写于 2016 年 6 月 28 日

[注]

①张队长：名张正银。后来，他成了远近知名的兽医。

②帕垂畦：我下乡时，张队长不过二十多岁。他领我们去地里，一时兴起，竟然双足挂树上，人倒钩悬空，于是头帕一圈圈垂地。

③吆喝农户院中齐：当年猪肉稀缺，生产队集体的猪，分散养在农户家里，农户按猪的重量评计工分。每逢生产队过节杀猪时，便会通知各户派代表到杀猪农户家，参加现场分肉。

④肥瘦锱铢悉顾：农村分肉最棘手，既要肥瘦兼顾，又要计量准确，屠父稍微掌控不好，最后便会有所短缺。

水调歌头

装裱店主

万壑清凉地，
幽静属边城。
涂鸦不忝，
寻觅装裱遍街行。
五尺城边小铺，
绣画框材挂列，
冷落凳长横。
电拨预留号，
片刻力车停。

旧衫裤，
身健伟，
面微凝。
自言业务清淡，
心系旧时情。
店候萧疏墨客，
足踩三轮闾巷，
兼顾以营生。
廛市①如沧浪②，
亦可涤人缨。

写于 2016 年 8 月 19 日

［注］
①廛市：指店铺，市场。
②沧浪：典出《楚辞·渔父》，"沧浪之水清兮，可以濯吾缨；沧浪之水浊兮，可以濯吾足。"

114

水龙吟

文大爷

荒山野岭崖边，
瓦房黍壁孤如弃。
苍头褐结，
慈眉壑面，
目垂憨意。
传说当年，
领回土豆，
承包尝试①。
锄草皆傻眼，
遍无芋种，
填饥腹，空荒地。

公社年年必至。
问寒衣、补金②来未？
乡邻路过，
添柴升火，
塘边安位。
悬鼎熬茶，
尘灰浮面，
殷勤如媚。
冠辉煌历史，
吹嘘骗得，别人衣袂。

写于 2015 年 7 月 13 日

115

[注]

①承包尝试：队里将一块高山洋芋地的下种任务，以工分方式就近承包给文大爷，洋芋（土豆）种则由生产队提供。然而，当大家上山去薅草时，才发现地里没有叶苗，原来，洋芋种背回家就被他煮来吃光了。

②补金：公社每年向贫困户发放的实物或现金，统称寒衣补助。

青玉案

幺娃子①

村童放学上山路②。
夕阳照、工棚聚③。
睨眼④幺娃尤可恶。
胡敲乱凿，
锯枋扬斧。
招惹匠人怒。

哭声断续密林处。
瘦身影、来来去。
只怨牯牛难驾驭。
隔沟青壮，
停锄少女，
齐慰宽心句⑤。

写于 2021 年 7 月 30 日晚上

［注］

①幺娃子：幺娃子是余插队时村民赵金海的独子。赵家夫妇壮年得子，十分怜爱。幺娃子虽顽皮，但勤快勇敢，依然招人喜爱，不幸的是，他只活到十岁便因病夭折。

②上山路：大队小学离生产队有十里远，黄昏时，便可见到一群孩子，洒落一路童音，鱼贯爬行在山路上。

③工棚聚：那一年，我同其他几个匠人，在为生产队保管室装修壁板，制作门窗，孩童事事好奇，路过自然要来凑趣顽皮。

④睍眼：幺娃子的眼睛总是斜着看一切。

⑤齐慰宽心句：一天，幺娃子在燕子岩旁的树林里放牛，那头牯牛不服他管，时而向东，时而向西。幺娃子大哭着来回追赶，瘦小的身影在林中闪现。社员们隔着沟壑，爱莫能助，宽慰他的话彼落此起。幺娃子终于不哭了，人们才放下心来。

第四章 知青故事

题 记

（七绝）

叶蔽芳崖日色迟，
喇叭凤管向阳吹。
清风叩问终无语，
心曲唯伊独自知。

满江红

过蛇山

又是归期，
归无计、路遥山阔。
指云外、悬崖荒岭，
草深径没。
篱畔夕阳移只影，
眉间清泪垂双睫。
晓色暝、结伴雾峰行，
归心切。

惊魂幕，
临蛇穴；
万千条，
缠如结。
落足寻空处，
汗流衣冽。
野壑此番魑①隘度，
平生无数蛇山阅。
幸未曾、失足共其眠，
今犹惬。

写于 2018 年 10 月 21 日

[注]

①魑：传说山林中害人的怪物。魑隘，谓凶险的关口。

121

满江红

遭遇野猪

知青康伟插队时，曾险遇野猪。

山野清秋，
忽听见、呼声惊魄。
河坝里、三猪奔突，
下山逃逸。
数犬追来群兽散，
一猪勃向行人①栗。
急切中、连石砸头前，
翻陂壁②。

谁曾料，
旋昂立；
重向上，
汹汹逼。
庆幸农人至，
乱锄齐击。
细解头肢邻众聚，
笑将后腿知青执③。
纵隔山、人见亦分羹④，
欣相得。

写于 2018 年 10 月 11 日

[注]

①行人：指知青刘康伟，当时正行走在河谷一侧土路上。

②翻陂壁：野猪被康伟重石击打，翻滚下倾斜的山坡。

③笑将后腿知青执：赶来的农民将猪抬到近处农户，立即悬挂分割，见康伟欲走，连忙招呼暂留，随即将一只后腿送给他。

④人见亦分羹：分羹，典出刘邦项羽事，此处指分得利益。山乡旧俗：隔山打猎，见者有份。

念奴娇

火炬林场①

山高月近，

竹篱畔、人影参差摇曳。

足踏琴歌长袖舞，

笑靥青春殊媚。

灯火楼台，

欢腾小镇，

争睹知青戏②。

爬山逾水，

翌晨坡上锄地③。

房舍苗圃庭园，

碧丛芳径，

一一东风弃。

豆蔻年华何处觅？

惟见林荫云翳。

休叹昙花④，
莫悲失落，
长揖苍松替。
夕阳斜照，
翠峰分外清丽。

写于 2018 年 8 月 31 日

[注]

①火炬林场：1965 年秋，65 个遂宁上山知青，在平武南坝附近一处高山庄稼地里，创建了社办林场，名曰"火炬林场"。

②争睹知青戏：建场伊始，十七八岁的知青们，白天开荒种地，晚上还排练节目，去南坝镇上演出，一度引起轰动。

③翌晨坡上锄地：演出结束后，大家跋山涉水二十余里，连夜赶回高山上的林场，第二天还要上坡参加劳动，异常艰苦。

④休叹昙花：火炬林场存在了两年，在"文革"中被撤销，知青们各自结伴插队。林场人去屋空，一片凄凉。

念奴娇

赶　场①

半旬雨霁，
涨山溪、叠嶂层峦迷雾。
鞋捆青藤②催伙伴，
赶集卖柴同去。
小路徐趋，
陡坡快跑③，

涉水横斜渡④。
莫停双足，
跳行休待沙误⑤。

茶馆齐聚知青，
崖高谷狭，
落寞倾谁诉？
添客招呼茶一盏，
细数千般忧虑。
傍晚时分，
三三两两，
踏上归家路。
雾遮云隐，
不知家在何处。

写于 2015 年 9 月 10 日

[注]

①赶场：指赶集。知青赶场并无农副产品出售，不过是在茶馆会聚，聊慰寂寞而已。高山插队的知青或可顺带柴薪出售。

②鞋捆青藤：以青藤捆鞋，增大鞋底摩擦力，雨后山路防滑。

③陡坡快跑：路陡时，须快步勿停，否则容易滑倒。

④横斜渡：水未及腰时，河尚能过，但须从上游向下斜行横渡。

⑤跳行休待沙误：急流涉水时，切忌双足迟疑停顿，否则，足底沙子顷刻便被湍急的水流淘空，人失重心必跌入水中。

念奴娇

菜地君子

仪容优雅,
树临风①、插队深山沟里。
卷帙常沾汤水迹,
眼镜书香门第。
妙语悬河,
鸡鸣驴叫②,
捧腹人皆喜。
烂柯③孤博,
手持双色棋子。

暗夜弦月清寒,
镜光闪烁,
疑是悄然鬼。
径去农家蔬菜地,
抱葴④途经窗底。
屋内灯明,
长吁短叹:
"是贼娃来矣!"
窗前呵道⑤:
"富农何敢无礼!"

写于 2015 年 8 月 8 日

[注]

①树临风:指玉树临风。

②驴叫:东汉文学家王粲好作驴鸣,死时魏文帝曹丕临丧,要随行官员均作一声驴叫,以此为王粲送行。

③烂柯:指棋。西晋樵夫王质观仙人下棋,棋未终,其斧柄已朽。

④蓏:瓜类,泛指蔬菜。

⑤窗外呵道:眼镜受到屋里人的冷言嘲讽,竟然忘了自己是在行窃,因而破口呵斥。

江城子

卖檩木

进沟寻树①趁平明。
路霜凝。
足缠藤②。
三两星光,
照我砍刀横。
隔夜林中残雪积,
鞋里水,
已成冰。

蓦然刀斧野林惊。
数峰聆。
雪如倾。
一檩红松,
肩负过山崚③。

127

换得油盐④沽得酒，
朋友至，
酌相迎。

写于 2016 年 6 月 19 日

［注］

①进沟寻树：檩子须是杉、松、桦之类较好的木材，树干笔直，长一丈五，小头直径十厘米(树围一把半)，故需进林寻找。

②足缠藤：在胶鞋上缠几圈葛藤，用以防滑。

③肩负过山峻：一根檩木重约一百五十斤，从住地进山林，再扛到镇上，单程有三十多里，可挣四元五角钱。

④换得油盐：当年，煤油、盐巴、药物等日用支出均无来源，一些知青只好偶尔卖柴卖树换取。

江城子

樵　夫

樵夫破晓下山崖。
负柴丫。
挟拐槎①。
歇处长吁，
擦汗嗅陂②花。
古镇羊肠三十里，
赀酱醋③，
过生涯。

群山深处是吾家。

暮云遮。

日西斜。

篱畔庭前，

笑靥映红霞。

一盏黄瓜青豆酒，

相与酌，

啜山茶。

写于 2015 年 6 月 15 日

［注］

①拐槎：俗称拐拔子，负重行远时必用的工具。通常用树杈煨制，呈丁字状，上横长七八寸，立柱 3 尺左右。负重歇气时，以立柱支地，上横承载背篓，行路时，拐槎大多挟腋下。

②陂：斜坡、水边。

③赀酱醋：这里指购买酱醋等日常用品的资金。

江城子

潇洒白衣郎

餐厅潇洒白衣郎。

饭金黄^①。

菜凄凉。

羡慕邻人，

炒肉味尤香。

一笑回君三两语：

如要爽，
卖柴忙。

风尘仆仆慰饥肠。
傍柴筐。
破衣裳。
不似新来，
城里学生装。
施雨行云终有用②，
劳筋骨③，
又何妨？

写于 2018 年 9 月 16 日

[注]

①饭金黄：大米拌少量玉米面做成的干饭，山区俗称"金裹银"。

②施雨行云终有用：典出《周易·乾·象传》"云行雨施，品物流形。"意谓造化既生人，必定有其用。

③劳筋骨：典出《孟子》"劳其筋骨，饿其体肤。"

江城子

赠李洪炎

当年促膝小河沟①。
水同流②。
意相投。
两地萦怀，
屈指四旬秋。
别易逢难人已老，
涪水去，
寄悠悠。

人生总有许多愁。
始劬瘵③。
复丁忧④。
君且随缘，
切莫挂心头。
秋色匆匆冬欲至，
来岁聚，
与君酬。

写于 2018 年 8 月 29 日

[注]
①小河沟：平武豆叩的涪江支流俗称"小河"。
②水同流：我插队南坝，流经南坝的是涪江主流，俗称"大河"。

③劬瘳:劬,辛劳;瘳,疾病减轻。

④丁忧:古制,官员任上父母亡后,须离职守丧近三年。这里借指其母病逝。

江城子

掰玉米①

秋风萧瑟叶枯黄。
映霞光。
上山梁。
共聚畦头,
村社②黍收忙。
禾乱人欢身影动,
青壮汉③,
背盈筐。

为争令誉逞雄强。
掌双扬。
劈双行。
一路掰来,
犹似战沙场。
纵使斑斑皮肉绽,
拼一把,
气高昂。

写于 2021 年 1 月 1 日

[注]

①掰玉米:秋收是山里最重要的农事之一。天气晴好时,全队社员齐出动。掰玉米是计量评分,因此,已掰的玉米苞须及时倒在地边,汇集到一定数量时,再背到保管室过秤。为减少往返,通常另用大背筐,再加一麻袋,一背至少200斤。

②村社:指生产队。大队分若干小社,如一社、二社等。

③青壮汉,背盈筐:由于是计量评分,因而在收成好的地块,青壮社员尤其卖力。

江城子

推磨①知青

云涛雾海②几姑娘。
出林场。
下山冈。
气喘吁吁,
背黍向溪旁。
行到磨房门外路,
桃面俏,
映斜阳。

山溪夜半逞凶狂。
喊声惶。
魄飞扬。
甫遁高崖,
大水漫汪洋③。

浪涌房倾成往事，
余悸在，
满头霜④。

写于 2020 年 11 月 13 日

[注]

①推磨：山里日常用语，也叫"推粮"，即背粮食（玉米）去磨房磨面。黍，玉米，旧称玉蜀黍。

②云涛雾海：知青林场建在高山上，雨季常云雾笼罩。

③大水漫汪洋：突然而至的山洪，冲毁了磨房，顷刻间河坝成了一片汪洋。

④余悸在，满头霜：当年推磨的四个女知青李明薇、盛主仪、翟昌蓉、付素华，如今都已年迈，回首当夜惊心动魄的一幕，至今仍心有余悸。

满庭芳

来 客

树掩泥墙，
云遮瓦舍，
深山野岭人家。
宅旁偏屋，
安置下乡娃。
晨起房东启圈，
鸡无数①、鸣噪如蛙。
瓜瓢撒、相争玉米，
庭动石榴花。

常嗟。终日伴，
孤星冷月，
寂寞山崖。
忽有知青访，
喜沏香茶。
暗里抓鸡待客，
怕人晓、肉炒黄瓜。
呼邻汉②、佳肴共享，
长饮醉烟霞。

写于 2015 年 7 月 11 日

［注］

①鸡无数：知青插队的农户，地处深山野岭，宅边地角可开垦种粮，有粮则可在林中散养许多鸡，这些鸡从未计数。

②呼邻汉：邻汉，房东汉子。他并不知道吃的是鸡肉，直夸味道不错。

满庭芳

兰花烟

四个知青，
一根烟袋，
无聊冬夜塘边。
吐云吞雾，
弥漫半房烟。

适借农家木榨①，
刨烟叶、雅号春兰②。
烟团紧、吹燃火点，
先要透烟杆③。

艰难。洋芋果，
三餐黍面，
寒腊衣单。
竹节④烦愁遣，
云雾神仙。
敢怨冯谖⑤缺肉，
吾侪是、最缺铜钱。
青春短、最长是路⑥，
漫漫是流年。

写于 2015 年 9 月 8 日

[注]
①木榨：烟榨，木器，用以压紧烟叶，以便刨烟丝。
②春兰：兰花烟，山区种植的烟草，可刨烟丝，可裹烟卷。
③透烟杆：把烟丝团紧成小球状，装填入烟锅。
④竹节：指竹节烟袋。
⑤冯谖：战国齐国人，是孟尝君门客。
⑥最长是路：世间最长者，莫过于"路"，最短者，莫过"青春"。

青玉案

老知青①

门前汉子壮如虎。
到客栈、来申诉。
褴褛衣衫鞋湿露。
县官首长，
乱称胡语。
句句知青苦。

钳工徒弟上山误。
两口子、三儿女。
屋塌如今无宿处。
村乡求告，
都无人顾。
唯向先生吐。

写于 2018 年 8 月 21 日

[注]

①老知青：指 20 世纪 60 年代上山下乡的知青。本词中的老知青，原本是某县一个工厂的学徒工。

虞美人
代课知青

　　我参加县里清理知青经费小组工作期间,走访了不少知青家庭及插队点知青,兹作词以记。

乱山杂树云初霁①,
村校崎岖地。
半间学舍半间厨,
霞映阶前秀靥焕然殊。

他乡寂寞人生旅,
伴宿邻家女。
明朝邻女嫁前山,
问及无言眉敛泪阑干。

写于 2018 年 8 月 20 日

[注]
①霁:本义雨止,后凡雨雪止、云雾散,皆谓之霁。

虞美人

养鸡知青

深山夜宿知青处，
松竹西窗语。
蓬头憨笑少佳肴，
唯有黍粮干饭伴青椒。

梦中却被鸡鸣悸，
鸡在床边睡。
天明告别下山梁，
挥手岭前才欲问鸡窗①。

写于 2018 年 8 月 20 日

［注］
　　①鸡窗：典出南朝宋刘义庆所撰《幽明录》。晋时兖州刺史宋处宗一长鸣鸡，鸡开口说人言，与处宗谈论，很有辩才，终日不停嘴，处宗因此口才大有长进。

虞美人
老知青聚会

丙申年四月六日,当年遂宁赴平武的老知青一百六十余人,聚会遂宁"天王居"酒楼,盛况空前。但妻病卧床,令人感慨伤悲。

东风唤醒佳年岁,
垂暮欣相会。
画图满壁映春晖①,
笑靥欢歌弦管遏云飞。

山高谷狭迷烟树,
嗟叹青春路。
老来却是病缠绵,
何若清贫劳苦换青年?

写于 2016 年 6 月 18 日

[注]
①画图满壁映春晖:聚会酒楼大厅两壁,挂满知青字画。

摸鱼儿

回　家①

晓星微、马灯凄冷，
鸡鸣山下庄户。
一筐年货寒碜意，
不似锦衣归路。
归客苦。
背篓重②、危崖径滑霜风缕。
晨曦照树。
山绕水迂萦，
镇边渡口③，
幸有货车助④。

饥肠辘、才伴青松共旅，
又随行客同去。
火车站外长衢黯，
最是坦途难度⑤。
挨踽步。
伸鹤颈、路边歇息寻无处。
影孤日暮。
只记得当时，
强撑筋骨，
奋力向前赴。

写于 2019 年 8 月 29 日

141

[注]

①回家：当年囊中羞涩，山里班车又少，回家之路总是那么漫长而艰辛，令人难以忘怀。回家须先搭货车到江油，然后乘火车到绵阳，寻客栈住一宿，翌日再搭客车回遂宁。

②背篓重：回家所带年货，不过核桃、黄豆、木耳之类土特产，此外，我还带了一个特硬木菜橄，以及亲手制作的一担柏木水桶，加上其他物件，行前以手测试，背篓重一百二十斤左右。

③镇边渡口：南坝镇边涪江未修大桥以前，来往车辆均须在渡口摆渡过江。渡口处有一道班，专司摆渡事宜。知青搭车，往往请道班工友帮忙接洽，求助于过往货车司机。

④货车助：由于乘车难，因而我送妻女搭车先行。我第二日一早赶到南坝渡口，道班工友为我联系到运松木去江油的货车。

⑤最是坦途难度：背篓负重行远须持拐槎，以备歇气时支承重物，因为平地难以起身，但回家拐槎则不便携带。

水龙吟

翡翠豆腐①

秋风阵阵清寒，
空庭落叶萧萧坠。
枯禾败菽②，
幽林冷壑，
苍山阴翳。
造访知青，
阶前无语，
黯然垂气。
主人宽远客：

晚来自有，

佳肴佐，东篱醉。

秀发明眸妩媚。

系花裙、下厨筹备。

濯清翠叶，

细磨新豆，

淮南初试③。

兰畹飘香，

玉盘堆绿，

云开霞蔚。

溢春光满屋，

连杯酬酢，别番天地！

写于 2015 年 7 月 26 日

[注]

①翡翠豆腐：每年深秋，黄豆刚成熟，用这种嫩豆子，添加若干新鲜的大豆绿叶，便能磨出绿色的豆腐。

②枯禾败菽：玉米枯黄的禾秆和零落干枯的大豆。

③淮南初试：据说，豆腐是汉淮南王刘安发明。这种翡翠豆腐，当然是淮南王未曾做过的，故日初试。

忆江南

知青平武聚会

青春好，
长忆旧溪山。
山里应留豪壮气，
梦中犹恋少时欢。
相约聚龙安。

写于 2015 年 11 月 20 日

水调歌头

镜渊旧居①

小径顺山势，
曲折上峰峦。
浓荫漏洒，
斑驳光影目迷眩。
行到危崖路畔，
指点曾经院落②，
踪迹渺如烟。
打猎宿留处，
坍塌半峰悬③。

茂林寂，
修竹掩，
屋三间。
云飞雾锁，
阶下溪涧尚涓涓。
锦瑟谐鸣乡野，
夜夜鸡窗梦断，
苦雨沐华年④。
此日七旬老，
岭上对晴岚。

写于 2017 年 8 月 1 日

［注］

①镜渊旧居：镜渊，张镜渊，上山知青，原南坝火炬林场副场长。撤场后，他去偏远的石坎公社插队，与回乡女知青鄢宁惠结婚后，住在平溪乡高山林间的一处三间瓦房里，如今林中房舍荒废冷落。

②曾经院落：指 2008 年大地震中，被塌方掩埋的院落。

③半峰悬：张君昔日打猎时，在一处悬崖峭壁上迷路，时值天晚，只得在山洞中栖身一夜，天明后才寻路返回。这处悬崖，地震时已坍塌部分，只剩下半壁山峰。

④苦雨沐华年：镜渊青年时自愿到最艰苦山乡插队，苦风凄雨，但一生发愤图强。

水调歌头

赠龙安旧友

我当年清理知青经费时,在豆叩马家与知青李洪炎偶遇,交谈甚欢。四十年后,洪炎、洪遂等知青,邀乐友至龙凤山庄与我相聚。章虎君精于音律,与诸友以琴相交,十分融洽。

尘世若沧海,
分别讵何长。
当年乡下、
箪食瓢饮共悲凉。
常作梅兰幽梦,
不坠青云矢志,
重聚气昂扬。
群友携琴至,
雅意效流觞。

相如琴①,
萧史笛,
看周郎。
春江花月芳景,
乐谱弃清商②。
此日乾坤朗朗,
晚来凉风习习,
清夏好时光。

今夕复何夕[③]？
别后莫相忘！

写于 2016 年 8 月 24 日

［注］
①相如琴,萧史笛,看周郎:相如、萧史、周瑜,均精于丝竹音律,而周瑜尤为出色。乐队中,若有谁音律失准,周郎一听便知,必投以目光。
②清商:哀怨悲伤的音乐。
③今夕复何夕:典出杜诗"今夕复何夕,共此灯烛光"。

贺新郎
砍火地[①]

丽日群山翠。
正清秋、金风肃杀,
树摇叶坠。
倩女少男坡下列,
持械开荒辟地。
乔与灌、参差不计。
——挥刀皆砍伐,
鸟惊飞、兽远家园弃。
举斧剁,
务须碎[②]。

木坚藤颤刀难遂。
秀眉怜、误伤素手,

笑凝腮泪。
渴饮冷泉饥食饼③,
篝火欢声无忌。
野毛果④、丛林恩赐。
待到来年春种日⑤,
火烧山、遍地柴灰被。
播玉米⑥,
祈天庇。

写于 2015 年 7 月 12 日

［注］

①砍火地:焚烧山林开垦荒地。

②务须碎:砍伐下的林木、荆棘,除可用的木料外,其余尽皆以刀斧剁碎,平铺于地,以免烧山时漏烧。

③饥食饼:林场初建,粮食是当地村队提供的,主要是玉米,也有少量土豆。平时干饭是玉米面炒炒饭,稀饭是搅团和拌汤。上山干活,则带玉米面做成的饼,状如柴刀,冷硬如铁,俗称"刀块子"。偶尔改善伙食,在刀块子中加一些核桃碎和盐,便美其名曰"核桃花卷"。

④野毛果:山林中的野生猕猴桃,山里人称野毛果。

⑤待到来年春种日:火地砍好后,任其晾晒,自然干透。到第二年春种前,在火地周围砍出隔离带,在可能串火的地方派人防守,然后从火地下方点燃,随后烈焰腾空,一片火海。

⑥播玉米:火地烧成后,遍山一片白色柴灰。过几日地冷,只消按行、株距间隔刨坑,撒下玉米种子就是。第一年的火地玉米,若风调雨顺,且无野兽过度毁损,十有八九是要丰收的。

贺新郎

"三烛香"①种药

天近群山阔。
水爬岩②、一支队伍，
携装攀越。
结伴相扶翻峭壁，
伐竹窝棚搭设。
篝火畔、歌声欢靥。
天晓惊呼棚盖塌，
笑吟吟、少女浑身雪。
涧崖处③，
兽痕慑。

烧荒辟地寒风冽。
种川芎、掘深两尺，
气吁力竭。
玉米夹心盐菜馍④，
手足芳颜冻裂。
纵如此、矢志如铁。
岁月匆匆无踪迹，
却难忘、三烛香山月。
魂梦里，
万千结。

写于 2015 年 7 月 14 日上午

149

[注]

①三烛香：1965年秋，数十名知青在平武县南坝公社文家坝大队的高山上，一处名曰"水桶坪"的地方，建立了社办"火炬"林场。"三烛香"指深山里的三座山峰，那里海拔两千余米，林场初建，须开拓收入渠道，决定在"三烛香"山里种植川芎。

②水爬岩："三烛香"距林场尚有十余里上山路，途经一处悬崖，当地称为"水爬岩"，非常险峻。

③涧崖处：山涧里只有崖上渗出的水滴，收集起来可供饮用，因而除下雪外，其余的日子大家都没有洗脸、洗脚。

④盐菜馍：林场平时的饮食是玉米炒炒饭、拌汤，干粮则是玉米面刀块子。去深山种药，需改善伙食，林场才设法弄了一些干盐菜，做成盐菜馅玉米馍，多少增添一些滋味。

贺新郎

薅　草

月落天将曙。
抱柴薪、点灯撮面①，
涮锅蒸煮。
两腕缠巾②腰系帕，
呼伴荷锄上路。
山那畔、传来人语。
玉米丛中身影晃，
蓦然间、急急鸣锣鼓。
坡脚下，
绿浓处。

手忙足乱挥锄舞。

鼓频敲、锣声切切，

漫空尘土。

忽听惊雷天色暗，

顷刻哗哗骤雨。

鼓声涩、锣鸣无误。

雨霁骄阳腾热浪，

湿衣干、汗复如泉注。

夕阳累，

下山去。

写于 2015 年 8 月 8 日

[注]

①撮面：从面桶里撮取玉米面。山里主食曰"炒炒饭"，用玉米面做成，烹煮简单，水沸后加面蒸煮，再用筷拌细，微火焖片刻。

②两腕缠巾：薅草时，将手巾缠在双腕，方便擦拭眼部的汗水。

贺新郎

疑　案①

赶集黄昏散。

正清闲、两三生客，

却来商店。

挑货频呼穷应答，

试伞遮人视线。

客去后、疑心滋蔓。
整袋火硝寻未果，
众人追、未几遥遥见。
休歇处，
竹林畔。

盘询几汉茫然面。
背筐中、香烟酱醋，
木瓢陶碗。
爆炸谣言由此起，
工厂市场医院。
大桥下、民兵护岸。
孰料迢迢鞭炮厂，
几知青、正计销赃款。
其烟火，
可爝灿？

写于 2018 年 10 月 28 日

[注]

①疑案:20 世纪 70 年代初，平武某乡镇供销社曾有一袋 30 公斤火硝被盗。火硝俗称"炉前灰"，是制作火药、炸药的材料,须凭公社证明才能少量购买。蹊跷的是,火硝是在光天化日、店员眼皮下,不知不觉被人窃走的。

贺新郎

知青六娃子①

水漫生荒地。
室如亭、尚余杯碗，
破床残柜。
几度离家终又返，
书记添锄置被②。
临笑问："能背回队？"
复道："如何背得起？
物虽轻、全社贫农意。"
嬉色敛，
不能对。

猪嚎寒夜声凄厉。
食粮虚、只投草料，
棍条教诲③。
斗转星移重见面，
已是公司门卫。
但不肯、被人轻睨。
地北天南名胜处，
若庭除、开口豪门气④。
青春梦，
竟难弃。

写于 2015 年 7 月 29 日

153

[注]

①知青六娃子：他是一个独来独往的人，一起的知青都叫他六娃子，笔者也索性隐其姓名。

②书记添锄置被：公社罗书记领着他去供销社购物，我随同前往。在供销社选购农具、用品、被褥，满满一背筐，书记帮着用绳子系牢。六娃子高高兴兴，把背筐背上肩头。这时，罗书记笑着问道："背不背得起？"六娃子一迭声说："背得起，背得起！"罗书记正色道："你恐怕背不起呀，这可是全公社八千贫下中农的深情厚谊！"

③棍条教诲：六娃子没有余粮喂猪，只以青草搪塞，猪自然不肯食，因此屡屡被打得满圈跑，静夜里猪的嚎叫声响彻山谷。

④开口豪门气：有一年，部分知青在他所在城市聚会，电话通知后，他总算在午饭前赶来了。大家非常亲热，他也十分高兴。有知情人说他是某工厂的门卫，但他说起话来，却不像是过贫寒生活的样子。他笑声朗朗道：前一段时间，新加坡客人刚走，英国的客人又来了，成天陪客，飞机票退了又买，还要抽空去兑换外币，忙得不亦乐乎，幸好客人走了，才有时间参加聚会。

浪淘沙

"六娃子"故事之一：潦倒

六娃子流落南坝街上茶旅店，穷困潦倒，但傲气依旧。

羞涩袋中钱。
潦倒茶园。
店翁垂顾剩床眠。
竟日杯茶无处去，
怒火冲天。

廉不食嗟餐。

最恨人怜。

彭君被拒遂讥还：

"若是投河当早告，

好送坟山！"

写于 2016 年 8 月 2 日

浪淘沙

"六娃子"故事之二:转机

　　六娃子落魄南坝茶旅店①,似乎无路可走,不料却来了一群称作"棒客"②的手艺人,而且他居然很快成了"棒客"头儿的高徒。

棒客进山初。

旅舍留居。

地隅人脉两相疏。

幸得茶余毛遂荐,

收作新徒③。

出入步欢愉。

气若云舒。

牵头签订合同书。

学艺无须旬月久,

霞映亨途。

写于 2016 年 8 月 3 日

[注]

①茶旅店:临街铺面为茶馆,其余房间为宿客的旅店。

②棒客:制作"工具把"的匠人,山里人称其为"棒客"。

③收作新徒:六娃子在茶桌上毛遂自荐,而棒客人地生疏,正需要六娃子为他们接洽供销社和当地村队的关系。

鹧鸪天

"六娃子"故事之三:相恋

进山作棒客期间,六娃子结识了初中毕业的回乡女知青小玉,两个人一见钟情,很快便确定了恋爱关系。

霞染春林翠雀啾。
送粮小玉①上山头。
足停机轴②怦然动,
面映桃花莞尔羞。

思永夜,梦难休。
挑灯鱼雁向伊求。
欲藏笑靥园中去,
却觑啼痕镜里留。

写于 2016 年 9 月 26 日

[注]

①送粮小玉:棒客在山林里制作工具棒,食宿劳作都在工棚里,所需副食自行购买,主粮则由与其合作的生产队供给,定时安排社员送上山。小玉

这里指六娃子的恋人,即送粮姑娘。

②足停机轴:停止踩动车床的转轴。制作工具棒的主要设施是一架简易车床,双足踩动,转轴便带动毛料旋转,双手紧握刀具抵近毛料切削,于是木屑纷飞,工具棒逐渐成型。

定风波
"六娃子"故事之四:赶场①

背篓山民拥市场,
油盐杂货店前忙。
冷落服装鞋帽处,
休去。
无钱不敢买衣裳。

棒客玉姑双露面②,
人羡。
挥金购物不商量。
倩女欢颜心欲罢,
毋怕。
有钱只管买空房③!

写于 2016 年 8 月 3 日

[注]

①赶场:到集市买卖货物,俗称赶场。山里公社街市很小,逢场的日子亦颇热闹。

②棒客玉姑双露面:棒客,指六娃子;玉姑,指小玉姑娘。六娃子只跟了师傅一季,便开始自己当老板。据说,当时他一月可挣四五百元,相当于乡

干部一年的工资。六娃子赶场时,出手阔绰大方,在当地很有名气。

③有钱只管买空房:六娃子在半边街上确实阔气了一回。最贵的呢料,十多元一米;尼龙袜四元一双。他对小玉的豪言壮语是:"只要你喜欢,只管买就是,哪怕把供销社买空!"

贺新郎
"六娃子"故事之五:订婚①

酒席庭前备。
准新郎、胸垂绷带,
春风得意。
假扮翻车伤右手,
欲验纯情真伪。
童簇拥、欢声喧沸。
抛撒红包忙不迭,
傍身边、倩女天仙媚。
二老乐,
已心醉。

不期灾祸从天坠。
酢酬间、匠人讨债②,
犯颜添晦。
刹那杯盘飞桌下,
一展英雄豪气。
却未料、暗流如汇。
人道新郎原是贼,

扒钱包、被打成残废。

怒难遏，

哭无泪。

写于 2016 年 8 月 5 日

［注］

①订婚：为显示与小玉订婚喜宴的气派，六娃子专门采购了瓶装酒、上海奶糖，以及海参等物。

②匠人讨债：由于花销太大，六娃子向改锯匠人借了钱。不料匠人却在酒宴上向他讨债，令六娃子颜面丢尽，于是双方恶语相向，以至在酒席上斗殴。债主为泄愤，诋毁说六娃子的手臂不是车祸，而是做贼时被人打伤。这件事为他和小玉的婚事蒙上了阴影。

浪淘沙

"六娃子"故事之六：相思

好景不长，公社查封了"棒客"工棚，认为其是"走资本主义道路"的典型，六娃子重回生产队。据说他与小玉虽然解除了婚约，但仍保持联系。

春雨暗山林。

孤宅森森。

油灯摇曳隙风侵。

满地烟头人不寐，

杜宇哀吟。

丘壑隔尘音①。

芳札②重斟。

情诗题罢泪沾襟。
"连理枝头双比翼，
永结同心！"

写于 2016 年 8 月 1 日

[注]

①丘壑隔尘音：山乡信件只到邮局，由收信人自己寻取。六娃子和小玉的信件，由于种种原因，并不能悉数送达。

②芳札：小玉的信函。我上街赶场，一次从邮局替六娃子带回一封小玉的来信。这是一封不同寻常的信，因为在信封的背面，还题了两句令我至今难以忘怀的情诗："巴山青松根连根，我俩永远结同心！"

渔家傲

"六娃子"故事之七：拖猪

六娃子与小玉断了联系。忽听说小玉已暂居兄长处，且已另择佳偶，他不由怒火中烧，翻山越岭赶往其兄长家。

鱼雁一春无处觅。
晴空霹雳传消息。
小玉不堪归妹①戚。
长夜踯。
平明赶往兄家诘。

薅草山头家四壁②。
阶前无计骄阳赤。

忽听圈中咆哮急。

藤蔓碧。

缚猪越岭咻咻疾③。

写于 2016 年

[注]

①归妹：典出《周易》。归妹即"帝乙归妹"，这里指小玉兄为其妹介绍对象，主持其婚姻大事，据说小玉悲伤不已。

②薅草山头家四壁：小玉兄嫂一家都在山头薅草。山里人一般不锁门，故见其兄家徒四壁，没有值钱之物。

③缚猪越岭咻咻疾：六娃子以为其婚姻不幸，罪在其兄，须索赔自己的损失，于是便用崖壁的葛藤把猪拖出圈，没料到那头大猪却欢快地跑在他的前头，翻山越岭，用葛藤约束方向即可。就这样，他居然顺利地把猪拖回家，安顿在邻居家猪圈里。

满江红

"六娃子"故事之八：情绝

六娃子拖猪翌日，上街置办烹调作料，准备杀猪，并邀知青好友上山共享。而小玉大哥却带了几个山里汉子，各携木棍，欲来理论，结果反被知青"土匪"打伤，从此六娃子与小玉恩断情绝。

越岭①归来，

猪寄养、邻家圈宅。

明日去、备材沽酒，

约朋邀客。

孰料陌生携棍汉，
欲擒狂妄偷猪贼。
恰恁时②、相遇怼庭前，
群情迫。

评事理，
南辕逆；
抓刀握，
波澜激。
"土匪"抄柴棒，
劈头霆击。
兄倚砍刀③单膝跪，
汉惊污血浑身栗。
众救伤、人黯断云飞，
残阳寂。

写于 2016 年 9 月 30 日

［注］

①越岭：翻山越岭。六娃子居然将一头百余斤的大猪，毫不费力地拖回家，知道者皆啧啧称奇。

②恰恁时：小玉兄长和四个携带木棍的汉子，刚寻到邻居家，在门廊长凳上坐定，知青们也来到院子里，他们原本是要来看看那头猪的。

③砍刀：山里人砍柴、砍树用的刀，刀身长七八寸，前有弯钩，柄长二尺有余。

第五章　匠人生涯

题　记

（七绝）

毋宁漱石枕清流，

别样生涯何所求？

跋涉千山犹未见，

原来故里是芳洲。

鹧鸪天

感　怀

鼓乐曾鸣新市场①。
满腔豪气赴山乡。
编篱种药烧荒地②，
薅草背肥挣口粮③。

徒四壁，枉饥肠。
少年好梦付汪洋。
如今剩把吴钩锯④，
挤却空林篝火旁。

写于2016年7月20日

[注]

①新市场：1965年遂宁第三批知青六十余人，在城区新市场集中，分乘三辆货车，奔赴平武山乡，我是其中一员。

②编篱种药烧荒地：林场初创，新修的瓦房需去老林伐竹编篱，并上高山种药创收，同时还需烧荒开地，种粮养畜，自力更生，自食其力。

③薅草背肥挣口粮：背肥即运送肥料，以备玉米下种。下种与薅草是山区一年中的主要农事。每日里上坡劳作挣工分，才能分得一年400斤左右口粮。

④吴钩锯：吴钩，刀名。辛弃疾《水龙吟》"江南游子，把吴钩看了，栏杆拍遍，无人会、登临意"。此处借指大刀锯。

浪淘沙

进　山①

携锯入深山。
荒径蜿蜒。
背夫遥指白云边②。
涉水穿林斜照外，
又听潺湲。

幽壑夕阳残。
暗影生烟。
丛芜溪畔断崖前。
翠叶窝棚三石灶，
聊度流年。

写于 2016 年 7 月 20 日

[注]
①进山：知青彭亚贤，绰号"土匪"，是我改刀锯的搭档。
②背夫遥指白云边：背夫，生产队安排背送玉米面、锅碗等杂物的社员，兼作进山引路人。

定风波

祭 山①

棒客②重回野谷塆，
开工祭祀务须先。
袅袅香烟呈供奉③。
心动。
肥腴满桌胜丰筵。

土匪忝颜犹出口。
烧酒④。
真如潇洒活神仙。
语毕忽呼双足痛。
惊众。
长揪数蛭⑤血涟涟。

写于 2016 年 7 月 18 日

［注］

①祭山：我与搭档土匪(知青彭亚贤绰号)在山里改料时，听说附近又来了一帮匠人，便寻去借石磨斧，适逢他们重回山谷，正举行开工祭山仪式。

②棒客：制作工具把的匠人，山里人称之为棒客。

③供奉：祭祀用食物，为猪头、腊肉和鸡之类的珍稀食品。

④烧酒：当时酒很稀缺，棒客从镇上买回的瓶装酒较贵重，不肯轻易开启。他们盛情留饭陌客已属不易，土匪却还公然要酒，这使他们为难。

⑤数蛭：匠人们大多穿胶鞋或布鞋，惟土匪赤足穿塑料凉鞋，因而数条蚂蟥叮在足上，他一条条揪出，拽得老长，双足鲜血淋漓。

定风波

山谷新居①

枝蔓作成棚与墙，
既为新屋亦为床。
嫩绿铺陈平若垫，
稍欠。
还添布毯御寒凉。

苔石支锅初作饭，
盐拌。
渴来饮水去溪旁。
篝火腾空柴似架，
谁怕？
豪情万丈敢擒狼。

写于 2016 年 7 月 20 日

[注]

①新居：指窝棚。

贺新郎

改刀锯①

深谷林幽寂。
小溪旁、藤床铺翠，
绿棚②初葺。
窘迫人生唯此计，
不负浑身气力。
一筐面③、锅支三石。
破被床单双土碗，
半包盐④、煮饭溪边汲。
落魄侣，
伴朝夕。

架横原木粗盈尺。
锯来回、凌空上下，
铿锵声急。
架下纷飞迷眼末，
架上腰弯欲折。
鸟惊怪、山中陌客。
青涩年华如水逝，
架下人⑤、化作山林魄。
华亭唳⑥，
为君惜。

写于 2015 年 7 月 5 日

169

[注]

　　①改刀锯：刀锯，改料工具。长约五尺，上宽下窄，形状如刀，上下有柄，改料时须搭架，木料用抓钉固定，两人分站木料上下，垂直操作。余改上锯，搭档知青彭君改下锯。

　　②绿棚：窝棚，用树干搭建，枝叶披复。

　　③一筐面：一筐玉米面。筐，指山里的夹背，用来装粉状物品。

　　④半包盐：除自己的被褥工具外，生产队给了我们一口旧锅，两只土碗、半包盐。

　　⑤架下人：指知青彭亚贤君。彭君虽是书香门第，却毫无文弱之气，平日里不苟言笑，曾把一个女知青吓坏了，哭哭啼啼说他凶如土匪，于是他便有了"土匪"这个绰号。"土匪"吃苦耐劳，非常人可比。

　　⑥华亭唳：西晋著名文学家陆机，是华亭(上海松江)人，为人所谮而被诛。临刑时叹曰："欲闻华亭鹤唳，可复得乎！"

贺新郎

阴平道①中

　　那年深冬，我与搭档在青川伐木场改锯结束后，徒步沿阴平古道回平武南坝，南坝昔为江油关，在江油关西南的群山中，有余插队时的家园。

漫漫阴平路②。
映朝阳、风尘抖擞，
军棉管裤③。
背负风琴蓬发乱，
斜挎行装刀锯④。
恰好似、率兵暗度。
野店⑤饥肠仍骨碌，

俏红巾⑥、桌畔悄悄语：
官差至，
速离去！

草枯水冻风凋树。
乱河滩、敲囊倾粟，
支锅煨煮。
衣落荒沟⑦何处是？
岩壁难寻遗句⑧。
历艰险、英雄千古。
勋业田园⑨途与共，
火塘边、自有融融趣。
蜀关⑩近，
暮云处。

写于 2017 年 12 月 17 日

［注］

①阴平道：道，古政区名谓，相当于郡县。阴平道治所在今甘肃文县。本词的阴平道，指阴平古道。三国时，魏将邓艾偷渡阴平，翻越摩天岭，经唐家河（原伐木场所在地）、阴平山、清溪古镇，然后翻越山岭，从荒无人烟的石坎，突然抵近偷袭江油关。我与搭档结束了青川伐木场活计，从伐木场出发回家，正好行进在阴平古道上。

②漫漫阴平路：据《三国志》载，阴平古道长达 700 里。我与搭档之行，只是阴平古道的一小段。

③军棉管裤：紧身竖条格的军棉上装、劳动布窄腿裤，加上白衬衣，蓝色网球鞋，这是当年一些年轻人的时尚衣着。

④行装刀锯：当时，我与搭档一人背手风琴，一人斜挎刀锯，其他还有工具包、行李袋等物。

⑤野店：阴平道途中有"关虎村"，村路边有小食店。

⑥俏红巾：指女服务员。典出辛弃疾《水龙吟》："倩何人唤取,红巾翠袖,揾英雄泪。"

⑦衣落荒沟：传说邓艾夫人曾将衣袂遗落山沟,于是后来便有了"落衣沟"这个地名。

⑧岩壁难寻遗句：传说邓艾曾题诗于某处岩壁,后人便称那里为"写字岩"。

⑨勋业田园：邓艾偷渡阴平、奇袭江油关的功勋事业。田园：典出陶渊明《归去来辞》"归去来兮,田园将芜胡不归。"

⑩蜀关：江油关,即今平武县南坝镇。

贺新郎

篝　火

狭谷山相揖。
料青山、交头接耳,
讶窥生客。
斜照窝棚溪水畔,
柴木如丘堆积①。
火舌漫、徐趋红炽。
一刹腾辉光照野,
焰欢呼、夜色嗟逃逸②。
篝火旺,
匠人集③。

乡村不肯驱工役④。
暗张罗⑤、知青夜錾⑥,

172

避风藏匿。
断裂枯枝林际响,
寸寸勾人胆魄。
且戏语、略消枯寂。
六尺窝棚容七汉⑦,
末至君⑧、埋脸蜷双膝。
灰烬冷,
曙光逼。

写于 2020 年 9 月 15 日

[注]

①柴木如丘堆积:我与"土匪"在沟里改料期间,每晚照例都要架起如丘的柴火,烧起熊熊的篝火,既取暖,亦防兽。

②夜色嗟逃逸:篝火渐渐暗淡的时候,夜色便会愈加用力地聚集包围过来;倘若添加的柴火突然腾起一片光辉,它们便会吃惊地后退,仿佛一个受到惊吓的人往后跳开一样。

③匠人集:那天傍晚,原本散布在附近山林的十一个手艺人,忽然陆续来到我所在的山沟,令我惊讶不已。

④乡村不肯驱工役:乡村,指生产队、生产大队。驱工役,驱赶工役。工役,旧称机关里从事杂务的工友,或者从事土木工程的工人,这里指木匠、改匠等手艺人。

⑤暗张罗:深山村队,由于开展了外来匠人参与的经营活动,因而他们的劳动日值比不少村队高出许多。

⑥知青夜壑:知青作手艺所在的沟壑。夜壑,夜里、沟壑或指幽暗的深壑。

⑦六尺窝棚容七汉:容,容纳,安顿。窝棚只有四尺宽,长六尺三寸,于是只好在窝棚外另架一横杆,人横向躺下,这横杆则用来搁足。

⑧末至君:亦即末至客,指司马相如。据说司马相如做客总是最后才到。

173

满江红

烹 肉

　　深山改锯时,三餐玉米面佐盐。某日,生产队送来四五斤猪肉,却被"土匪""厨师"熬成一锅渣与油。我愤而将渣油分开,油渣归他,肉油则归我,随即自将一大碗肉油咕嘟嘟喝下肚。

幽谷飘飞,
肉滋味、令人唾咽。
灶台处、添柴加水,
有劳伙伴。
岂料浮油欺竹筷,
愤将残滓分陶碗[①]。
油下肚、翻作怨河波[②],
毋庸辩。

眉眼冷,
身剽悍;
耐苦厄[③],
铮铮汉。
凡事皆强硬[④],
独从吾软。
人敬有容情义重,
世轻无理襟怀浅。
恨不能、杯酒释余惭,
空嗟叹[⑤]。

　　　　　　　　　　　　　　写于 2016 年 7 月 27 日

174

［注］

①分陶碗：两句互文，即把油渣（残滓）与肉油（浮油）分开，分别盛在两只土陶碗里。

②怨河波：油喝下肚，反而浇旺了肚中的怒火，责怨如波涛。

③耐苦厄："土匪"极能吃苦耐劳。他虽然形象阴郁，但耐苦厄、有担当，令人敬重。

④凡事皆强硬："土匪"生性强悍，不肯轻易让人。

⑤空嗟叹：作此词时，"土匪"已病逝。

满江红

窝　棚

　　余与彭君曾初入深山改锯，用树干、树枝、树叶，自出心裁搭了一个床屋一体的窝棚，又在窝棚前燃起一堆小丘般的篝火，但天公不作美，进沟第一夜便下了一场寒雨，让窝棚成为虚设。

郁郁青山，
溪边地、悬崖狭谷。
人到此、敛心屏息，
顿然虔肃。
且搭窝棚容苦伴，
聊凭刀锯填饥腹①。
剔树丫、埋柱架横杆，
青藤束②。

枝作盖，
斜披复③；
叶为垫，

床茵绿④。

树下支三石，

敞锅难熟⑤。

莫道春宵篝火暖，

争知荒野苍天哭。

雨迷茫、沟壑路难寻，

和衣浴。

写于 2015 年 8 月 19 日

［注］

①填饥腹：知青时，我与妻粮食有缺口，唯有凭借气力，靠改刀锯挣钱才能有所改善。

②青藤束：窝棚立柱埋地，横杆皆用青藤捆扎。

③斜披复：窝棚搭成"一面坡"式，顶盖为一斜坡，故不能遮蔽一床飘风雨。

④床茵绿：床茵，床垫。用柔枝绿叶做成，故曰绿。

⑤敞锅难熟：没有锅盖，玉米饭不易煮熟。后来才有石块作盖。

满江红

雨　夜

谷暗林幽，

窝棚外、疑人窥注。

怕异客、乱柴篝火，

腾辉崖树。

不速雨帘光渐暗，

176

蓦然水滴人惊寤①。

觑烬边、伛偻映微光，

心酸楚。

沉沉夜，

潇潇雨；

襦衣湿，

寒风缕。

手电萤如豆，

欲行何处②？

野雀筑巢林可佑，

吾侪谋食天难助。

天不言、崎坦路由人，

休悲诉。

2016 年 7 月 22 日

[注]

①人惊寤：夜里雨滴透过棚顶枝叶，滴溅在脸上因而惊醒。当时搭档"土匪"还待在篝火旁。小丘般的篝火已经熄灭，雨帘中，微光映出他蜷缩的身影，显得无比凄凉。

②欲行何处：夜雨淋熄了篝火，荒山野沟无处栖身，手电光又暗淡如豆，"土匪"仰天长叹，"天绝我也！"——这戏文似的道白，我以为是"土匪"的幽默。

水调歌头

棒 客①

山路夕阳坠，
赶集匠人归。
面微醺色，
烟酒干腊满筐背。
叠套中山官服②，
洒落春风笑语，
迤逦入山隈。
素昧香烟敬，
厚礼送村魁③。

木枋旋，
清香溢，
屑纷飞。
抵床蹬足④，
三日磨损腹前衣。
架上辛劳朝暮，
换得工钱万贯，
沟壑富声威。
却怕清闲季⑤，
穷困有谁知？

写于 2016 年 7 月 30 日

［注］

①棒客：棒客本指"山寨强人"，然而，山里人却把加工铁锹工具把的匠人称为棒客，大约他们挣钱较多，确是山林里的强人。

②叠套中山官服：当年手艺人喜欢套穿中山服，即穿两件中山服外衣，既能御寒，又便于随时将里外衣服互换，以适应不同场合。

③厚礼送村魁：手艺人中唯棒客最富，其挣钱的关键，必须靠当地村社干部的支持、合作。

④抵床蹬足：身体腹部抵在简易车床的横杆上，足蹬传动带，两手紧握刀具，将初步砍圆的毛坯车削成光滑的长棒。

⑤清闲季：由于多种原因，棒客并不能轻易获得供销社订单合同。接洽订单的奔波过程，以及深秋寒冬季节，他们只能吃老本。

水调歌头

伐木场①

宿舍依山麓，
竹壁夜凝霜。
水烹青菜②，
馒头米饭杂粗粮。
狭谷清晨薄雾，
庭坝棉装汉子③，
架上绛衣郎④。
改料风中舞，
伐木向山岗⑤。

腊肉丁，
黄豆粒，

炖茶缸。
夜来篝火，
最是工友好时光⑥。
龃龉欢声当日⑦，
孰料如今此地，
世外水云乡⑧。
百里林荫蔽，
鸣鸟语沧桑。

写于 2020 年 10 月 17 日

［注］
①伐木场：指位于青川县清溪镇大约五十里外的"毛香坝伐木场"。
②水烹青菜：伐木场的青菜油水很少。
③庭坝棉装汉子：每天清晨，食堂早饭后，伐木工人穿着厚棉衣，腿上裹着厚厚的毡绑腿，在庭坝空地上集中。
④架上绛衣郎：绛衣，深红色的衣裳。改刀锯靠身体与四肢协调配合，即便在寒冬时节，也须脱除棉衣，着宽松的春秋衫裤站在架杆上下劳作。
⑤伐木向山岗：工人们提着伐木工具鱼贯上山。
⑥最是工友好时光：宿舍外空坝中，每到晚上，都会燃起熊熊篝火，伐木工人们围坐闲聊。
⑦龃龉欢声当日：当年在伐木场篝火边，伐木工人除欢愉之外，亦经常为锱铢小利、平淡小事发生龃龉，争执吵闹。
⑧水云乡：从前我改锯苦寒之处，如今却成了唐家河旅游避暑胜地，林荫蔽日，花香鸟语，美不胜收。

180

渔家傲

瓢　客

　　木瓢亦称瓜瓢,制作瓜瓢的匠人,称为瓜瓢客,亦即瓢客。他们每年春天进山,砍伐白杨树制作木瓢,其收入微薄,生活艰辛。我当年深山寻路,在荒僻的山林里,曾偶遇瓢客窝棚。

寻路披荆深谷寂。
炊烟起处窝棚碧。
垢面破衣三两立。
人前瑟。
原来竟是瓜瓢客。

对剖白杨长近尺①。
细磨慢镂当何值②!
妻女半饥清泪滴。
瓢堪惜。
几曾畅把甘泉挹?

写于 2016 年 10 月 3 日

[注]

　　①对剖白杨长近尺:白杨树体轻,质地绵软,瓢客先将树径合宜的木料截成约一尺长的短木,然后对半剖开。

　　②细磨慢镂当何值:剖开的白杨须先留出瓢柄,按瓢状削除外部多余部分,挖去瓢心部分,再细心打磨,费时费力,然而其价值菲薄。

渔家傲

虚 惊

　　山林改锯期间,某日半夜,伙伴彭君忽唤醒余,说旱蚂蟥已钻进其身体,只剩尾巴在外。我问何不初钻时即拽出,答曰瞌睡太沉,复沮丧告我,说须去数十里外农家,以烟杆里的积油,将蚂蟥熏出。我持手电光细辨,原来却是草蜱叮背。

　　　雨霁云开花叶媚。
　　　风清气爽何妨累?
　　　篝火旁边犹好睡。
　　　人却喟:
　　　"蚂蟥夜里钻身内!"

　　　"掐尾奈何难拽退。
　　　麻烦陪去邻村队。"
　　　言罢低眉沮欲泪。
　　　"无须畏。
　　　草蜱①吸血叮于背。"

　　　　　　　　　　　　写于 2016 年 7 月 23 日

[注]

　　①草蜱:一种生活在草丛中,以吸食人畜血液为生的小虫,其吸附力极强,须掐准用力才能从皮肤上拽掉。

渔家傲

飞 天

　　林中改锯不乏趣事。某日不慎,巨木砸下,我跌坐在地,手足并退。"土匪"不幸跌坐在一段树杈上,被巨料弹飞上天。

硕料上杆留待锯。
孰知一失人千虑。
木坠架坍斜向杵①。
心惊怖。
仰头跌坐慌无据。

树重万斤身似羽②。
彭君弹射飞天旅。
笑问空中何所觑?
含颦语:
"众皆沉下离吾去!③"

写于 2016 年 7 月 25 日

[注]

①杵:用东西戳。谓硕木向人戳来。

②树重万斤身似羽:彭君跌坐在一根撬棍上,却被树料砸中,犹如杠杆,巨大的力量借撬棍把彭君抛向空中。

③笑问三句:彭君落地后,大叫一声"哎哟!"我忍不住笑起来,问他飞升上天有何感受。他苦着脸说:"我看见你、改料架,和所有这一切,都飞快地往下沉。"

鹧鸪天

改　匠^①

　　当年深山改锯时,在我们窝棚的上方、狭谷绝壁之上,有一个桶匠在那里打桶,我曾绕去上面借石磨斧,见到两个改桶板的年轻匠人,他们乍见生人,竟然惊恐万状。

雨霁烟云溪谷飞。
窝棚绿叶露珠垂。
闻声停锯身如颤,
满眼惊慌见客疑。

言未启, 色先悲。
离家只为肚肠饥。
至今犹记当时语,
乱发愁容常梦伊^②。

写于 2016 年 7 月 14 日

[注]

　　①改匠:做桶有两种方法,一是用窄木板制成桶状,然后以内圆刨将桶内壁刨成圆弧,再用跟斗刨把外壁刨圆;二是先将木板用专用锯改成弧形板,这样可大量省去刨内外圆的工夫。

　　②常梦伊:数十年来,余偶一忆起,便觉心酸。两个年轻匠人大约只有十七八岁,只为一口饱饭,见到生人竟然怕得发抖。

鹧鸪天

风啸山迎雨雪初。
行装工具没收无。
露凝竹壁寒难寐^①，
锯改青松气不虚。

危食店^②，幸村姑。
怕人扣押又长驱。
负刀^③踽踽归家路，
挣得工钱年节舒。

写于 2016 年 7 月 16 日

［注］

①寒难寐：没有了棉被，借了一床破被子，夜夜不曾睡暖。

②危食店，幸村姑：关虎村食店历险事，我在其他词中亦有记述。我与"土匪"，皆着工装管裤、白衬衫、蓝网球鞋，与江湖手艺人迥然不同，才令监管者松懈，又有村姑警告，终于躲过一劫。

③负刀：背着刀锯。踽踽，语出《诗经·杕杜》，孤独无依貌。

鹧鸪天

木 匠

野岭深沟乱木荒。
晨昏刀斧吓饥狼。
绤衣汉子藤崖下，
锯板敲丁①作桶忙。

溪水畔，矮棚旁。
餐风伴月又何妨？
纵然馍硬山泉冷，
一日工钱半月粮。

写于 2016 年 7 月 14 日

[注]
①敲丁：指桶板两侧钻孔，敲入竹丁(钉)以连接桶板。

鹧鸪天

催　粮①

僵卧藤床②看日移。
催粮人去盼归时。
村民③忘却林泉客，
黍罄空余布袋垂。

歧路怕④，断崖危。
饥肠辘辘更添悲。
忽闻棚外枝条动，
盈手山葱⑤笑展眉。

写于 2020 年 9 月 15 日

[注]

①催粮：深山改锯，口粮由当地村社供应，一次村里迟迟未派人送粮来，饿了两顿后，搭档"土匪"下山催粮，我则卧床静候。

②藤床：指用藤子捆扎的床。

③村民：指村里负责为我们供应口粮的农民。林泉客：本义为隐士，这里指林中溪旁改锯的匠人。

④歧路怕，断崖危：回村之路崎岖险峻，而且有数十里之远。

⑤山葱：一种野地里自生的葱，当地人称"狗屎葱"，有轻贱之意。但我们却可用盐拌之，作为佐餐的小菜，比盐巴佐玉米饭好多了。

鹧鸪天

漆　客①

背篓孤身映暮天。
子规声里断崖还。
雾淹古木迷茫路，
雨暗窝棚冷漠餐②。

春早早，搭梯先。
遍安蚬壳梦魂牵③。
一春割漆知多少？
祈盼山林年复年。

写于2016 年 7 月 17 日

[注]

①漆客：割漆的匠人。

②雾淹古木两句：漆客早出晚归，日食两餐。冷漠餐，指未烤热的玉米饼。漠，亦即馍。

③遍安蚬壳梦魂牵：割漆须先勘查树源以及路径，并捆搭好上树的简易梯步，正式割漆时，一人在前割开树皮切口，安好蚬壳承接漆汁，一人跟后，以桦树皮做成的漆桶逐树收取。

鹧鸪天

斩　蛇

　　我改上锯,站在树料上不乏凉风拂面。搭档"土匪"改下锯,总是满脸热汗,满头锯末。一日忽见草丛中缓缓游出一条大蛇,"土匪"手持左钢斧,弯腰蹲腿,慢慢接近。随后手起斧落,蛇分两段。

锯末沙沙头上披。
薰风乱发满沟吹。
露丛忽见长蛇动,
双手悄停刀锯垂①。

持利斧,步轻移。
出征勇士解安危。
左钢②划过寒光闪,
两段蛇身弹射飞。

写于2016年7月24日

[注]
①刀锯垂:停止改锯,让锯条在锯缝中垂下。
②左钢:指左钢斧。

189

青玉案

匠人趣事

匠人饮酒聊闲趣。
弟兄俩、帮人户①。
工毕一餐②临上路。
弟将搁碗，
耳边兄语：
吃饱休停箸。

两番添饭勉从汝。
却已恨、东风絮③。
复劝勃然睁目怒：
莫非要我，
破肠穿肚。
撑死西天去！

写于 2020 年 10 月 18 日

[注]

①帮人户：匠人给别人家做活。

②工毕一餐：活计结束后的最后一顿饭。

③东风絮：耳边絮语。典出李白诗"有如东风射马耳"。

青玉案

学　艺①

青溪始学谋生艺。
改料架、阶前地②。
初试锯条稍觉易。
一旁呵斥③：
腰弯腿闭！
直听声声脆④。

当年改匠挥斤技⑤。
把手教、知青弟。
领略江湖潇洒⑥意。
迢迢山野，
恍然半世⑦。
偶忆夜难寐。

写于 2021 年 3 月 25 日

[注]

①学艺：学改刀锯手艺。我曾与知青易克君相识。他原是伐木场工人，
20 世纪 60 年代末，他从平武坝子公社迁往青川青溪镇附近插队，在那里
重新从事伐木场改匠手艺，收入可观。

②改料架、阶前地：我去青溪时，克君正好在帮朋友改料，准备做家具
用。改料架便搭在那户人家阶前院坝里。克君预先给我讲清改料动作、技术
要领后，我便直接上前拉锯。

191

③一旁呵斥：克君向主人假称我是熟手，只是荒废了些时日。待主人转身离开，他便低声呵斥："腰弯下去！腿闭拢一点！"以纠正我的动作。就这样，数日工夫，我便掌握了改上锯、下锯的手艺，并从他那里学到调理锯子的技术。

④声声脆：指改料的声音。

⑤挥斤技：挥斤，即郢匠挥斤，谓熟练的改料技艺。

⑥潇洒：自在无拘束，不似在生产队无钱买煤油盐巴那样窘迫。

⑦恍然半世：克君夫妇在青溪原只有一间陋室，我每晚宿在屋外的牛圈，那上面堆满作为牛饲料的玉米壳，正好充作被褥。我回到南坝后，便与他失去了联系。

长相思

芳草沟。
碧水流。
溪畔窝棚吾与俦。
岁华丘壑留。

鸟啁啾。
白云悠。
挥汗晨昏篝火遒。
相思永不休。

写于 2016 年 7 月 19 日

第六章　夕阳风景

题　记

（七绝）

雨霁青山气象新，
露莹小草涤风尘。
夕阳斜照遍阡陌，
花缀枝头一样春。

贺新郎

冯家小院①

避暑今年始。
古城东、山边小院，
故人家里。
绿树生阴连菜圃，
茅舍竹篱堪比。
朝夕爽、清凉如洗。
蔬果泉茶安睡足，
日西斜、蝉歇琴声起。
迟暮客，
幸如此。

夜来皓月云中驶。
月人圆、茫茫宇宙，
眼前我你②。
潇洒林泉皆雅士，
五柳刘伶③余几？
料未及、牌娱茶理。
偃鼠饮河鹪鹩树④，
不须多、任运随缘喜。
谁能识？
二三子⑤。

写于 2015 年 7 月 30 日

195

[注]

①冯家小院：知青冯勇夫妇的独家小院，在平武县城郊。

②眼前我你：妻常失眠，中夜与我庭前赏月。

③五柳刘伶：五柳，五柳先生陶渊明；刘伶，魏晋名士。

④偃鼠饮河鹪鹩树：典出《庄子》。

⑤二三子：典出《论语》。

贺新郎

长夏琴师

唧唧无闲暇。

漫空中、草丛墙角，

拨弹黉夜。

促织①令伊云鬓乱，

憔悴②何尝悔嫁。

待旭日、高君③鸣夏。

铁马长嘶惊碧树，

复声声、激愤如倾泻。

似豪杰，

气尤霸。

夕阳初坠西山挂。

琴悠扬、渐消溽暑，

尽随风化。

知了当知应羞怯，

叶底嘹音暂谢。

昼将去、晚霞无价。
岁月依依丝竹里，
忆华年、不肯甘心罢。
惟叹惜，
惜当下。

写于 2015 年 8 月 2 日

［注］
①促织：蟋蟀。
②憔悴：典出柳永《蝶恋花》，"衣带渐宽终不悔，为伊消得人憔悴。"
③高君：高树上的蝉。

青玉案

年年避暑山中邑①。
少年事、长相忆。
烈日挥锄尘汗滴。
晨携粗饼，
暮归孤宅。
夜岭闲吹笛。

时人攘攘②林泉默。
任逐奢华羡宾客③。
却喜又回山里蛰。
鸥飞云卷，
山青水碧。

来入吾窗格。

写于 2018 年 8 月 11 日

[注]
①山中邑：指平武县城。我当年在平武南坝区插队。
②攘攘：典出《史记·货殖列传》，"天下攘攘，皆为利往。"
③宾客：典出《庄子》"名为实之宾。"

青玉案
痛风戏作

重回故地情如砌。
豆花酒①、乡风味。
莫拒友朋深厚意。
流连瓯盏，
涓盈池汇。
足趾疼难瘵。

东篱把酒湿衣袂②。
刘伶③倒、山翁④坠。
夜饮东坡⑤醒复醉。
绿蚁新酿⑥，
壶倾杯继⑦。
谁见痛风累？

写于 2019 年 8 月 23 日晚

[注]

①豆花酒：以豆花佐酒。豆花，即嫩豆腐，可蘸辣酱食用。

②湿衣袂：典出李清照词"东篱把酒黄昏后，有暗香盈袖"。

③刘伶：魏晋竹林七贤之一，嗜酒，尝作《酒德颂》。

④山翁：指山简，晋征南将军，善饮，尝醉，从马上坠地。典出周邦彦词《齐天乐》"醉倒山翁，但愁斜照敛"。

⑤夜饮东坡：典出苏轼《临江仙》"夜饮东坡醒复醉"。

⑥绿蚁新酿：典出白居易《问刘十九》"绿蚁新醅酒，红泥小火炉。晚来天欲雪，能饮一杯无？"

⑦壶倾杯继：典出陶渊明《饮酒诗》"一觞虽独尽，杯尽壶自倾"。

诉衷情

携妻龙安消夏，住富华酒店观景楼。晨练太极，平时或读书拉琴，或会友小酌，自谓清闲自足。

层峦叠翠白云栖。
碧水载晨曦。
城东体育场馆，
风拂柳飘飞。

闲对卷，
悦吟诗。
趣开眉。
窗前鸥鹭，
波上双双，
堤畔依依。

写于 2018 年 8 月 3 日

诉衷情

老来暑夏避山区。
临水酒楼居。
窗明室雅淋浴，
僻静客来疏。

青玉米，
早餐糊。
核桃酥。
友朋家宴，
黍酒时鲜，
何惧醺乎？

写于 2018 年 8 月 2 日

诉衷情

密云携雨过城西。
雨伴暮帘垂。
千流万壑相邀，
激浪拍江堤。

君远去，

200

载乡思。
逐波随。
情牵南北，
离也悠悠，
归也凄凄。

写于 2018 年 8 月 9 日

风入松

老知青谢必龙，在原插队地平武南坝安家，丁酉冬年届七旬，为方便友朋，将寿宴延至翌年春夏。遂宁诸友经与外地知青相约，于戊戌年春夏之交结伴赴平武同贺。

友朋结伴艳阳天。
贺寿聚龙安。
怕温昔日寒冬梦，
棣华①宴、留待婵娟②。
杯酒风霜丘壑，
长歌热血华年。

人生倏忽烛光怜。
莫悔落花残。
千金美酒③慰余岁，
轮流寿④、次第清欢。
恰似夕阳永驻，
宛如山野遗仙。

写于 2018 年 5 月 5 日

201

[注]

①棣华:常棣之华,语出《诗经·常棣》。借指弟兄友谊之宴。

②留待婵娟:指寿宴延期至春夏。

③千金美酒:典出李白诗"五花马,千金裘,呼儿将出换美酒"。

④轮流寿:指轮流贺寿。

江城子

河口漂流①

青峰环抱望江楼②。

鸟啁啾。

绿荫稠。

缕缕清风,

穿阁送凉秋。

应接无人③休怨怼,

山野趣,

自寻求。

河中汽筏载人游。

妙龄侪。

泳衣浮。

一水迂萦,

笑语绕山流。

别样青春吾不悔,

弥足贵,

壑丘留。

写于 2019 年 8 月 24 日

［注］

①河口漂流：系平武城外一处农家乐,离县城二十余公里。

②望江楼："河口漂流"的一处观景楼。

③应接无人：景区虽成规模,但游人无人招呼接待,只管去办公室登记用餐标准,随后便自寻其乐。

江城子

携妻平武富华酒店避暑期间,仍留居平武的知青甘业英、谢碧芬二人,携带餐具佳肴,来宾馆客房与我俩聚餐。

聚餐客舍叙衷肠。

炖蹄汤。

饺鲜香。

备料烹调,

碌碌半天忙。

雅趣盎然情意盛,

何许味?

劝君尝。

知青岁月总难忘。

小姑娘。

少年郎。

荏苒光阴,

转眼鬓如霜。

缕缕时光飘易散,

乘好景,

尽倾觞。

写于 2018 年 9 月 4 日

203

江城子

平武富华酒店消夏临别赠孙总

龙安避暑过生涯。
赏山花。
啜清茶。
客舍宜寻，
况味似吾家。
碌碌平生唯淡泊①，
轻尺璧②，
富年华。

闲云野鹤不须夸。
听胡笳③。
话桑麻④。
早晚天凉，
日出掩窗纱。
幸得鹭鸥⑤翔绿野⑥，
临碧水，
醉流霞⑦。

写于 2018 年 8 月 31 日

［注］

①淡泊：典出诸葛亮《诫子书》"非淡泊无以明志，非宁静无以致远。"

②尺璧：典出曹丕《与吴质书》"古人轻尺璧而重寸阴。日月逝于上，体貌衰于下，年一过往，何可攀援？"

③胡笳：西域乐器，相传蔡文姬作《胡笳十八拍》。

④桑麻：典出孟浩然《过故人庄》"开轩面场圃，把酒话桑麻。"

⑤鹭鸥：亦即鸥鹭，鸥鹭忘机典。

⑥绿野：典出唐宰相裴度别墅《绿野堂》，其风景十分优美。

⑦流霞：指酒，传说仙人以流霞为酒。

江城子

避暑龙安

龙安山水故人知。
翠山奇。
白云栖。
雨洗沉疴，
暑热晚风吹。
漫步江堤灯映水，
明月夜，
露沾衣。

窗前水碧鹭双飞。
两情依。
忆桃蹊①。
云起南山，
雨落北山陂。
人道瑶池风景好，

今若是，
客如归。

写于 2018 年 8 月 27 日

[注]
①桃蹊：蹊，小路。

江城子

龙安消夏

山中古镇碧云闲。
试珍畋①。
醉山泉。
闾巷无尘，
背篓卖时鲜。
偕侣三轮坡尚缓②，
三里远，
四元钱。

韶华畴昔落山间。
雪无边。
雨如烟。
幸把青春，
换得暮时安。
蔬果青茶③归故里④，
清静处，

过余年。

写于 2018 年 8 月 28 日

[注]

①珍畋:畋,耕种,打猎。这里指山里珍稀的土特产。

②坡尚缓:城里主街由东向西,有两三处颇高的缓坡。

③青茶:即平武炒青茶。

④故里:我曾在平武插队许多年,已将平武视作故乡。

江城子

避暑即将结束之际,知青甘业英提议,邀约老知青再次聚餐客房,由她炖土鸡作为主菜,为我和明薇饯行。

重来客舍聚相知。

昨猪蹄。

换山鸡。

列箸移盘,

围桌笑开眉。

最是席间离别意,

难自禁,

举杯时。

山乡沟壑雨凄凄。

眼低垂。

语伤悲。

半世遥遥,

晤面几回期？
若要此生多聚首，
怡善养①，
日长西②。

写于 2018 年 9 月 5 日

[注]

①怡善养：平和、快乐的情绪助人长寿，但须自我调养，才能获得这般心境。

②日长西：谓夕阳徘徊西天，傍晚时光久长。

满庭芳

太极拳

移步寻踪①，
仙山云起②，
意随神往瑶池。
鸾迎芳甸，
柔掌捋斓衣③。
舒臂推开绿雾，
琵琶伴、亭榭歌吹。
双峰耳、回身踢脚，
彩鞠上宫闱。

莺啼。幽谷应，

嫣然玉女，

旋袂翻飞。

菡萏香盈径，

鹤立花溪。

俯仰浮岚流水，

晚霞里、射虎④人归。

沉丹气⑤、收拳四顾，

场馆柳依依。

写于 2017 年 8 月 14 日

［注］

①移步寻踪：指太极拳的"预备式"，右足横移半步，双足与肩齐。

②仙山云起：指太极拳的"起式"，双手缓起平举胸前，复向下。

③柔掌拵斓衣：杨氏太极拳的"揽雀尾"招式。

④推开绿雾、琵琶伴、双峰耳、回身踢脚、玉女、旋袂、鹤立、射虎：分别指"如封似闭""手挥琵琶""双峰贯耳""披身左踢脚""玉女穿梭""云手""白鹤亮翅""弯弓射虎"等太极拳招式。

⑤沉丹气：将体内运行之气收纳于丹田，亦即气沉丹田。

209

虞美人

己亥年春三月,湖北黄葛兰、绵阳张镜渊夫妇、与遂宁诸友同赴射洪康养中心,同徐少文夫妇小聚。

射洪小宴杯频举,
迟暮欣相聚。
苍颜面对莫嘘唏,
细数当年知友逐年稀。

人间春夏三冬雪,
尽是佳时节①。
故人分别各西东,
却问何时相约再相逢?

写于 2019 年 4 月 18 日

[注]
①尽是佳时节:典出"春有百花秋有月,夏有凉风冬有雪,若无闲事挂心头,便是人间好时节"。

虞美人

丙申年夏,与平武诸友聚会于涪江畔龙凤山庄,徐德林携小提琴,我与章虎持二胡与其合奏,气氛甚欢。

云依青嶂柔波语,
江畔芳亭聚。
老来切莫动庾愁①,
难得瑶琴送它赴东流。

安闲利禄人痴盼,
苦乐②常相伴。
初时苦涩后留香,
回首山林野趣意飞扬。

写于 2016 年 7 月 12 日

[注]

①庾愁:南朝梁诗人庾信,常羁留北地,乡关之思甚切,因作《哀江南赋》寄意。此处借指悲伤的情怀。

②苦乐:苦难与幸福,痛苦与欢乐,总是相互依存,不可或缺。

鹧鸪天

丁酉仲秋,携妻与镜渊、先福夫妇,赴荆楚探视祥贵葛兰伉俪。

千里荆州雨伴风。
站台迎客暖融融。
一朝雨雪山乡共,
半世风霜情意同。

杯满酒,庆重逢。
星星白发①醉颜红。
老来幸免羊碑泪②,
且作东篱采菊翁③。

写于 2017 年 10 月 13 日

[注]
①星星白发:典出晋左思《白发赋》"星星白发,生于鬓垂"。
②羊碑泪:晋羊祜立身清廉,曾长期镇守荆州襄阳,深受时人敬重,死后人们祭奠时望碑流泪,故称其为"堕泪碑"。
③采菊翁:典出陶渊明诗"采菊东篱下,悠然见南山"。

鹧鸪天

平溪小住①

暮水生烟②晨雾漫。
霞光浸树减清寒③。
庭前秀色移杯绿，
宅畔丛花映日丹。

临碧水，对苍峦。
瑶琴旨酒④日悠闲。
时闻山外炎天苦，
始觉桃园是此间。

写于 2017 年 7 月 31 日

[注]

①平溪小住：平溪，平武县平溪乡。2008 年地震后，由政府扶持，受灾户集中在平溪建房，曰"平溪新村"。余友镜渊妻鄢林惠老家亦受灾复建于此，余曾在此小住。

②暮水生烟：傍晚溪水生烟，翌日晨必雾，天必晴。

③清寒：虽未立秋，但天气早晚寒凉。

④旨酒：美酒，语出《诗经》。在镜渊家每日饮的，皆是平溪酿制的玉米花子酒，酒醇厚绵软，饮后不上头。

鹧鸪天

山庄休闲

　　龙凤山庄清雅悠闲，我常与好友操琴合奏，偶有本地友人来叙，或饮酒忆旧，不亦乐乎！

路畔江边龙凤栖。
楼前池水映晨曦。
数声啼鸟嘉园静，
几树香梨宿露晞。

亭绿蔽，蔓枝垂，
玉壶茶盏话相知。
当年幽怨琴声里，
重拾豪情饮酒时。

写于 2016 年 7 月 16 日

鹧鸪天

龙凤山庄消夏

雾锁层峦隐黛峰。
一时雨幕掩芳丛。
山间村落人移处，
满目烟云尽绿葱。

思往岁，忆匆匆，
平生难得有从容。
龙安水碧尘心静，
舒展须眉是道翁。

写于 2016 年 7 月 7 日

鹧鸪天

平溪贺镜渊①寿

蝶舞莺啼柳絮纷。
平溪溪水涤衿②尘。
酒酬远客情盈盏，
歌动山乡泪湿巾。

畴昔忆，路嶙峋。

215

北山松茂德音③闻。
余生难得留潇洒，
眉寿④何妨步履蹒。

写于丁酉年季春

[注]

①镜渊：张镜渊，火炬林场知青、原副场长，后在平武平溪插队。

②衿：古代读书人穿的衣服。典出曹操《短歌行》"青青子衿，悠悠我心。但为君故，沉吟至今。"这里借指知青。

③德音：好的名声。北山，指平武北山。

④眉寿：高寿。语出《诗经·小雅·南山有台》"乐只君子，遐不眉寿"。

浣溪沙

镜渊偶回遂，原火炬林场部分知青聚会欢迎他。

小宴欢声满店堂。
苍颜白发尽酬觞。
喜迎场长叙衷肠。

倏忽重回三烛岭①，
窝棚篝火雪飞扬。
偎依青少小姑娘。

写于 2017 年 11 月 21 日

[注]

①三烛岭：指"三烛香"的山岭。

浣溪沙

晨幕初开鸟未鸣。
长堤绿湿缀红英。
碧流怨不带涛声。

城外青山烟树渺，
凌波隔水一桥横。
白云深处自凉清。

写于 2018 年 7 月 23 日

浣溪沙

岭下横云湿未移。
峰峦过眼半弥弥。
晨光穿雾照城西。

浅浪盈盈流逝去，
喧声犹道与君离。
江堤信步欲归时。

写于 2018 年 7 月 29 日晨

217

浣溪沙

绿水傍城间巷闲。
青山环抱古龙安。
一堤笑语蕊宫仙①。

竹舍桃花人已去，
临窗掩卷对茶烟。
不堪高阁出屏端②。

写于 2018 年 7 月 28 日

[注]

①一堤笑语蕊宫仙：堤，涪江河堤。新建的河堤宽敞平坦，是平武县城的一道风景线。

②不堪高阁出屏端：县城涪江河畔，当年的田园风光已不复存在，从宾馆凭窗眺望，高楼与青山争锋，犹如超出画屏之外。

浣溪沙

戊戌年仲夏,余携妻在龙安避暑,入住富华酒店观景楼。时值雨季,房间落地窗外,涪江水涨,滔滔奔涌而去。

落地窗前一水流。
云遮雾掩碧山头。
枝凝丝雨若寒秋。

水似年光奔涌去,
年光有数水无休。
清茶芸帙任悠悠。

写于 2018 年 7 月 7 日晨

浣溪沙

深壑疑藏隐士家。
客来煮酒漫煎茶。
吟诗泼墨竹篱花。

窗外青山云雾掩,
琴声唤起旧年华。
残垣断壁夕阳斜。

写于 2019 年 9 月 3 日

浣溪沙

宿雨长堤湿未晞。
窗前折伞几人携？
晨晖满树更拳衣。

赪玉绿茵风拂柳，
行云流水意相随。
瑶池虚阁乘槎归①。

写于 2018 年 7 月 27 日

[注]
①乘槎归：传说有人乘木筏从海上直达天庭。

浣溪沙
晨　练

雾漫青山旭照迷。
平芜花缀柳丝垂。
徐伸双臂步初移。

隐约琼楼幽静处，
飘飘云袖绿华①姿。

收拳又听子规②啼。

写于 2018 年 7 月 30 日

[注]
①绿华：指萼绿华，传说中的仙女。
②子规：杜鹃，多用啼血义，此用"规"的谐音"归"义。

浣溪沙

消夏龙安碧水旁，
芳堤花树任徜徉。
云山杳杳是吾乡。

缰锁从来缘自取，
不求室雅不熏香。
远离热恼自清凉。

写于 2018 年 7 月 24 日

浣溪沙

远黛无言卧白龙。
涛声碧水去从容。
一堤扑面乱头风。

菊蕊不知时节未,
竞相路畔傲芳丛。
斜留身影旭阳中。

写于 2018 年 7 月 25 日晨

浣溪沙

　　清晨雨霁,沿江堤去南门市场购买新鲜玉米。时令初伏,空气清新湿润,堤上少了晨练行人。远处河面及长堤上水汽迷蒙,宛如轻纱,行人如入画中。

昨夜窗帷隔雨声。
江堤路湿水风迎。
烟迷晨雾似纱轻。

堤畔农人初上市,
带衣玉米露莹莹。
甜香留待晚来烹。

写于 2018 年 7 月 19 日

第七章　心园拾翠

题　记

（七绝）

一世襟怀多少忆？

风霜雨雪最相思。

灿然翠羽飘幽梦，

记取鹤鸣①呼应时。

[注]

①鹤鸣：典出《周易·中孚·九二爻》"鹤鸣在阴，其子和之。我有好爵，吾与尔靡之。"

临江仙

感 遇

长夜火塘无语①,
忆君泪湿芳姿。
雷声隐约②复惊疑。
子阳初动处③,
厚遇④幸天垂。

未料恩深难济,
忘年物换星移。
杨花落尽夕阳时。
成心何所报?
江水寄幽思。

写于 2018 年 9 月 20 日

[注]

①火塘无语:当年我常与妻促膝寒夜火塘,对未来充满忧虑。

②雷声隐约:我初闻自己有可能被国企招工时,内心颇为震动。

③子阳初动处:典出宋大儒邵康节诗"冬至子之半,天心未改移。一阳初动处,万物未生时。"

④厚遇:插队时,对未来的期待极小,温饱即可,不料竟被国企招工提干。

225

长相思

春露滋。
花径枝。
林染朝霞人迹稀。
山泉去洗衣。

风如丝。
雨如诗。
雾掩寒山日暮时。
火塘笑语飞。

写于 2016 年 7 月 24 日晨

长相思

秀发浓。
笑靥红。
蹊畔新桃艳绿丛。
荷锄入画中。

步疏慵。
目昏蒙。
清夜嘉园芳径同。

226

竹摇万杆风。

写于 2016 年 6 月 30 日

风入松

人生难度铸铜关。
尺璧寸阴①间。
青丝倏忽披霜雪②，
君何对、逝水余年？
集腋成裘③怡眼，
舍裘秉烛④常欢。

锱铢算计苦难安。
大水漫沙滩。
何如结伴寻芳景，
花当买⑤、沽酒须钱。
虚载⑥寄情江海，
飞鸿自在云天。

写于 2017 年 11 月 28 日

[注]

①尺璧寸阴：典出曹丕《与吴质书》"古人轻尺璧而重寸阴。日月逝于上，体貌衰于下，年一过往，何可攀援？"

②青丝倏忽披霜雪：典出李白《将进酒》"君不见，高堂明镜悲白发，朝如青丝暮成雪。"

③成裘：典出李白《将进酒》"五花马，千金裘，呼儿将出换美酒，与尔同

销万古愁。"

④秉烛：典出曹丕《与吴质书》"古人思秉烛夜游，良有以也。"

⑤花当买：典出宋代俞国宝《风入松》"一春长费买花钱。"

⑥虚载：虚舟。典出白居易诗"只见火光烧润屋，不闻风浪覆虚舟。"

风入松

《大公报》记者小马有新作问世，不弃忘年之谊，邀余将词赋结集，一同付梓，余恐一时难以遂愿，故作词复之。

少年曾许笔如椽①。

好梦付溪山。

寒枝野岭双栖雁，

闻鸡起、月照炊烟。

薅草背柴犁地，

补衣携女莳园。

老来始信慧能②禅。

用舍③俱随缘。

家山桃李④病柯发，

须呵护、且度冬寒。

榻侍布裙今夕，

篮收翠羽⑤来年。

写于 2017 年 12 月 7 日

[注]

①笔如椽：典出《晋书·王洵传》。洵梦中，有人赠他如椽之大笔。

②慧能：指禅宗六祖慧能。

③用舍：典出《论语》"用之则行，舍之则藏。"

④家山桃李：指结发妻子。典出欧阳修《青玉案》"又争似家山见桃李。"

⑤翠羽：翠鸟散落的羽毛。典出曹植《洛神赋》"或采明珠，或拾翠羽。"

浣溪沙

寒水窗前怯怯喧。
青山羞涩雾遮颜。
一杯雀舌①静无端。

篱畔春风桃李艳，
曾经丘壑少时欢。
伊人老去正清眠。

写于 2019 年 9 月 2 日

［注］

①雀舌：茶之一品为莲蕊，二品为旗枪，三品为雀舌。

浣溪沙

翠绿禾丛①人映霞。
清风拂汗沁山花。
俚歌落径夕阳斜。

老病愈知春色好，
最思溪涧沏新茶②。
白云竹舍是吾家。

写于 2017 年 11 月 24 日

[注]

①翠绿禾丛：山里薅二道草时，玉米已齐肩高。

②新茶：绿茶愈新鲜愈香。余清理知青经费时，跟随县财政局干部郑老师，曾去豆叩区茶山。当时正值采茶季节，我们买了几筐鲜茶叶，当晚在农户家自制"炒青"，不断地入锅翻炒，又不断出锅，用簸箕摊晾散热，再以手同方向搓揉，直至茶叶干透，根条紧裹，面呈霜灰，这便是真正的新茶。

浣溪沙
北　山

旭照北山风扫云。
翠峰宿雨涤纤尘。
龙安山水尽天真。

五十年前山里客，
相濡以沫共乡邻。
山崖不信有移文①。

写于 2018 年 8 月 6 日

［注］
①移文：指孔稚圭《北山移文》。

浣溪沙
南　山

雨霁南山见翠微。
小红点点映晨晖。
桃花人面忆相知。

问讯林泉松柏友，

烦将凌雪傲霜姿①，

莫挨冬至付吾妻②。

写于 2018 年 8 月 5 日

［注］

①傲霜姿：姿，指资质、禀赋、气质。

②付吾妻：妻多病，尤畏寒，故有此语。

浣溪沙

夜雨，不能晨练。远望青山，近听窗前树间雨声，不禁想到从前。除了暴雨时节，山里是从不雨休的，总要冒雨干一些诸如挖盖头①之类的农活。

云恋青山水恋烟。

雨声切切绿丛间。

清茶半盏觑窗前。

山里乡邻何所事②？

晨风暮雨可曾安？

能如吾辈这般闲？

写于 2018 年 8 月 2 日

［注］

①挖盖头：山区庄稼地里有许多土坎、石坎，俗称盖头，挖去土坎壁、石头缝里的杂草，即挖盖头。

②山里乡邻何所事：我常用手机与农友通话，询问他们在干什么。年近七旬的赵国义老两口至今还种着二十亩山地。

浣溪沙

　　晨练后,溯江西行,远处南桥隐隐,云雾弥漫,长堤及行人渐次没入迷离缥缈中。

云漫南桥水漫烟。
长堤行客入云天。
原来缥缈即神仙。

野岭竹篱崖树畔①,
年年岁岁望乡关。
桃源②却是故溪山。

写于 2018 年 8 月 1 日

［注］
①崖树畔:我插队家在悬崖峭壁,可见山谷中小路。
②桃源:桃花源。

浣溪沙
知青聚会

　　十一月第一天，火炬林场老知青聚会。一群老人，华发菜色，衣着暗淡，令人唏嘘。

重聚时光逐岁稀①。

风尘蚀面黯缁衣。

欢声何碍夕阳西。

莫觑镜中人已老，

且留晚照慰芳眉。

动情最是旧山溪。

写于2017年11月2日

[注]

①逐岁稀：以前老知青大约每月聚一次，但如今聚会愈益稀疏。

浣溪沙

同窗知青兴民君心梗猝逝,令人惋惜不已。余妻亦患心血管疾,介入五个支架后才渡过难关。兴民是可以免此劫难的。

　　昨日英姿今日魂。
　　妻同尔疾有医门。
　　长嗟悔未雁传君。

　　霹雳一声成永诀,
　　鸡窗多少事难伸。
　　约君梦聚小山村。

写于 2017 年 11 月 29 日

贺新郎

　　夜寂鸥鹉厉。
　　起寻灯、枕边人醒,
　　满腮清泪。
　　梦里邻婆①浇菜圃,
　　褴褛龙钟目翳。
　　泣相问、未来何异②?
　　无语披衣寒夜永,

235

隔千山、落寞空无计。
星淡远，
伫难寐。

少年好梦山林弃。
七尺躯、一家难养，
愧言其志。
且去江湖谋稻菽，
未料风停雨霁。
终盼得、老能安睡。
始信人生求愈少，
对劬劳、天自弥多馈。
山映水，
夕阳媚。

写于 2018 年 9 月 3 日

［注］

①邻婆：当年插队的邻家婆婆，年逾八旬，伛偻半盲，步履艰难，却照样砍、煮猪食，擀面做饭浇园，其情状备极心酸。

②泣相问、未来何异：妻哭泣着问我，照目前的情形，我们年老以后，将和她(指邻家婆婆)有什么区别呢？

236

贺新郎

遥远的山乡

忆旧人常瘔①。
负行装、湍流狭谷,
断崖危路。
古树瓦房庭院里,
青帕②欢声簇聚。
琴骤响、儿童惊怖。
怯怯上前相问讯:
那箱中、咋会藏人语?
晨嗽口,
有人觑。

长空雁字阳台伫。
故山遥、清溪碧水,
茂林云雾。
自在耕耘仓廪满,
摩托汽车代步。
玉米酒、塘边情趣。
岁月若能移半世,
料如今、或在桃源处。
心自在,
任寒暑。

写于 2017 年 8 月 7 日

[注]

①忆旧人常寤：我常常回忆起插队第一天的情形。

②青帕：当年，山乡男女几乎全都头缠青布或白布头帕，衣着多为青蓝色，宽裤腿，麻耳草鞋。

摸鱼儿

初 秋

絮云轻、夕阳斜照，
平波漫履堤路。
秋来数日无踪迹，
依旧蝉鸣高树。
长夏①驻。
芳草缀红英，
细柳垂堤圃。
觅秋何处？
许是怕金风，
飘零黄叶，
惹得尽愁绪。

君休矣、错悯人间悲露②。
争知时易怀寤③。
山乡苦雨凋蒲柳④，
素面缁衣如暮。
空老去⑤。
乌发映明眸⑥，
肃肃真延父⑦。

吾侪休妒。
若不枉今生，
且将余岁，
都作少年度。

写于 2018 年 8 月 19 日

［注］

①长夏：夏秋之交的一段时间。一说为夏末半月与秋初半月。

②悲露：悲露，时光短暂如露，令人悲哀。典出曹操《短歌行》"譬如朝露，去日苦多。"

③怀寤：怀，怀念，回忆；寤，睡醒。

④蒲柳：蒲柳，典出《世说新语》。简文帝问顾悦，我俩同年，为何你却独白了头？对曰："蒲柳之姿，望秋而落；松柏之质，经霜弥茂。"

⑤空老去：由于环境、条件的缘故，即使女知青，也很少在意仪容衣着，更没人刻意打扮，人人素面缁衣，似乎从未年轻过。

⑥乌发映明眸：乌黑的头发衬托着明亮的双眼，指美丽女子。

⑦肃肃真延父：典出《世说新语》，嵇康身长八尺七寸，风姿特秀，肃肃如松下风，岩岩若松之独立。有人称赞他的儿子嵇延祖，说他卓卓如鹤立鸡群，魏晋名士王戎曰："君未见其父耳。"

念奴娇
孤独园①

素腮云鬓，
对油灯、独拥女儿怀寤②。
凄厉山猫、枭怪叫③，
惊扰梦中相聚。
最恨斯时，
宽肩可倚，
睁眼悄然去。
鸡鸣春晓，
隔窗霞映庭树。

挑水来去山溪，
喂猪锄地，
忙碌瓜蔬处。
日坠西山、斜照里，
不见人行归路。
犬吠山前，
林惊栖鸟，
篱外空凝伫。
月移枝影，
黯然垂滴清露。

写于 2015 年 8 月 13 日

［注］

①孤独园：我当年插队时，常外出，或作手艺，或应公差。妻留家，日夜与孤独为伴。

②怀寤：因怀念而无法入睡。

③枭怪叫：枭，猫头鹰一类的鸟。

念奴娇

嫩苞谷①

漫坡禾叶，
半枯黄、风过琅玕疏雨。
几汉林边篝火畔②，
初试琼珠新黍。
炙止须臾，
焦同琥珀，
缕缕清芬吐。
叠堆青棒③，
一时都入肠肚。

岁岁消暑龙安，
市场苞谷，
日日甘泉煮。
纵是香甜终觉淡，
不似山间情趣。
地垄炊烟，
峰峦雾气，

241

天物莹含露。
颐中咀玉④,
少年豪壮如虎。

写于 2018 年 8 月 28 日

[注]

①苞谷:玉米,别称玉蜀黍。

②几汉林边篝火畔:我曾随生产队干部到地头估产。中午时,我们在深山的一片苞谷地边生起篝火,就地挑选嫩苞谷作午餐。篝火很旺,只消将苞谷在炽热的木炭上稍加磨蹭并翻转,听得一阵噼啪声响,便可食用了,那时苞谷浆汁最浓,焦香甜糯可口。

③叠堆青棒:青棒,尚未脱去青皮的嫩玉米棒,在篝火旁重叠成堆。那时人年轻,牙齿如同磨石,肠胃亦好。

④颐中咀玉:玉,玉米,或如玉之物。颐,典出《周易》颐卦,山下有雷,上止下动,如口咀嚼饮食。

虞美人

当时一幕勾心魄,
回首仍凄恻。
娇容消瘦格窗①前,
袅袅烟中煎药泪涟涟②。

人人都道年轻好,
苦难知多少?
青山妩媚夕阳西,
安得从头年序倍怜妻!

写于 2018 年 8 月 19 日

［注］

①格窗：木条方格的窗户。

②袅袅烟中煎药泪涟涟：妻产后染病，生活艰难，未及时治疗，落下病根，须常年吃药。

虞美人

戊戌年龙安富华酒店度夏，老知青谢必芬、甘业英、熊秋碧不时来宾馆相聚，陪明薇聊天或扑克消遣。

开山种药烧荒地，
五十年前事。
人生苦乐总相依，
何以韶华如露苦如溪？

临江客舍重相聚，
扑克青春趣。
芳眉不怨变苍颜，
只盼欢声长伴过余年。

写于 2018 年 8 月 16 日晨

243

鹧鸪天

明薇吉寿

古树山村初识侬^①。
窝棚篝火映寒空。
吹箫解佩^②云烟渺，
挑水莳园桃面红^③。

冬去也，雪消融。
平芜丽日应从容。
若来青鸟^④传消息，
西驾仙鸾携手同。

写于 2017 年 3 月 7 日

［注］

①古树山村初识侬：我与妻明薇初识于平武埂子公社五丰生产队，那时刚到山区插队。侬，你。

②吹箫解佩：典出刘向《列仙传》，萧史善吹箫，秦穆公以女弄玉妻之，并筑高楼居住。萧史每日教弄玉吹箫作凤鸣。一日凤凰止于楼，夫妇随同凤凰飞去。另，公子郑交甫在江汉之湄偶遇仙女，一见钟情，仙女解佩相赠，倏忽却不见其踪。

③桃面红：指桃花与人面。典出唐代崔护诗："去年今日此门中，人面桃花相映红。人面不知何处去，桃花依旧笑春风。"

④青鸟：传说中西王母喂养的鸟，能传递消息。

鹧鸪天

　　那年冬天,妻携女返遂,天寒地冻,很晚才在南坝搭上货车。车刚出发,余即后悔未将棉衣脱下为妻女护寒,无奈车去,已无法弥补。

灯耀盘山霜雪天。
篷车蜷缩布裙单。
匆匆货栈伤心别,
忘脱棉衣护夜寒。

从此后,悔常牵。
时光恨不再当年。
始知凡事先人念,
遗憾无留虑应宽。

写于 2016 年 7 月 9 日

满江红
自贺寿

　　贺寿之风渐成时尚。届时宾客满厅,音乐震耳;献花祝词,盛况空前。余性好静,自知卑微,懒于张扬之累,谨作词述志。

碌碌平生,
漫回顾、上天垂宥。
林泉伴、绤衣箪食,
敢言贺酒?
少似朝阳终有盼,
老如夕照聊相守①。
谢蝶蜂、松桧纵无花,
春依旧。

挥热汗,
青山瘦;
蝇营利,
皆尘垢。
休道长风志,
匠人田叟。
润屋铺陈②吾辈忝,
乾坤留待先生寿③。
对流霞、杯酌独从容,
唯长久。

写于 2016 年 5 月 26 日

[注]

①相守:典出《孟子·滕文公上》"出入相友,守望相助,疾病相扶持。"

②润屋:装饰华丽的居室。白居易有诗"只见火光烧润屋,不闻风浪覆虚舟"。铺陈:典出《礼记·乐记》"铺筵席,陈尊俎"。郑玄"铺陈曰筵,借之曰席"。

③乾坤留待先生寿:典出辛弃疾《水龙吟·甲辰岁寿韩南涧尚书》"待他年整顿,乾坤事了,为先生寿。"

江城子

临窗云雾对仙峦。
涤尘喧。
怡苍颜。
鸥鹭双飞,
流水碧潺潺。
掩卷吟茶琴漫语,
杯酒罢,
好清眠。

平生幸得老来闲。
少堪怜。
壮惟艰。
利禄功名,
早掷壑丘间。
若道青山谁得识?
真妩媚,
似稼轩①。

写于 2019 年 8 月 23 日

247

[注]

①稼轩：辛弃疾字稼轩。其《贺新郎·甚矣吾衰矣》云："我见青山多妩媚，料青山，见我应如是。情与貌，略相似。"

江城子

重阳示孙

风清云淡送秋凉。
客厅堂。
敞皮箱。
学子将归，
收拾整行装。
雀鸟啁啾栏上①跃，
盆景茂，
菊花黄。

浑然不觉又重阳。
陟山岗。
竟相忘。
纵使登高，
不乞寿安康。
寄语吾孙强体魄，
凌绝顶②，
意飞扬。

写于 2019 年 10 月 7 日

[注]

①栏上：阳台栏板上。

②凌绝顶：典出杜甫《望岳》"会当凌绝顶，一览众山小"。

江城子

秋风褪暑叶初零。
鸟嘤嘤①。
旧怀萦。
陋室华章②，
谋定一生程。
相惜惺惺青鬓白，
机心③少，
直心诚。

莲池夕照碧波平。
水风清。
藕花擎。
雅客相知④，
何悔夜中馨。
纵是幽香犹草露，
藏难舍⑤，
用难行。

写于 2018 年 8 月 24 日

［注］

①嘤嘤：典出《诗经·伐木》"鸟鸣嘤嘤"。

②陋室华章：漆丰青少年时颇多磨难，20世纪80年代初，一篇小说获奖，从此改变了他的人生轨迹。

③机心：机巧功利之心。

④雅客相知：1999年秋，我在市建设局定额站工作，漆君时任市政府秘书长，嘱我为新建"船山体育馆"作赋。

⑤藏难舍，用难行：典出《论语》"用之则行，舍之则藏"。自谓：藏则心向往，用却不堪任。

江城子

神州大地动雷鸣。

解危情。

踏征程。

漫卷红旗，

吹角①彻连营。

银胄白袍英气透，

犀焰照②，

剑高擎。

济民何惧向坟茔。

赤心倾。

众成城。

远志③破泥，

芳草碧盈盈。

若得春风重染鬓，

吾亦往，
楚江行。

写于 2020 年 3 月 1 日

［注］

①吹角：典出辛弃疾《破阵子》"醉里挑灯看剑，梦回吹角连营"。

②犀焰照：典出南朝宋《异苑》。晋温峤至牛渚矶，闻水底有音乐之声，水深不可测。传言下多怪物，乃燃犀角而照之。须臾，水族复火，奇形怪状。

③远志：东晋时，谢安隐居会稽东山，迫于诏命才肯为桓温司马。其间有人给桓温送药材，中有远志。桓温问谢安："此药又名小草，何一物而有二称？"谢未即答。参军郝隆应声曰："此甚易解，处则为远志，出则为小草。"

暮云遮
题翰源先生画

古龙安①，
长相忆。
云树高岗，
雾敛千峰媚。
五月薰风人欲醉。
苞谷黄时，
飞瀑玉珠碎。

断魂飞，
归天际。
育我青山，

依旧当年翠。

往事萦心人不寐。

聊慰先生，

尽写吾侪意。

写于 1992 年

[注]

①龙安：指平武县，明清时曾为龙安府治，辖四县。

第八章　喟叹感怀

题　记

（七绝）

昨日风霜曾与共，
天涯景色不相同。
纵然残雪留阴冷，
莺啭溪山春已浓。

贺新郎

偶与晚辈聊及苦,不胜感慨,儿孙辈已不复知其苦矣!

切莫轻言苦。
漫人生、路由苦筑,
花凭汗著。
瓜美东陵①缘自种,
岂是甘饴浇护?
苦与乐、苍穹有数。
急浪回滩须渡过,
莫停舟、怨海悲河处。
空嗟叹,
岁华误。

遥山最忆薅锣鼓②。
绿丛中、锄光闪动,
人潮如虎。
尽日汗淋仍不辍,
纵遇惊雷骤雨。
破衫湿、复干炎暑③。
一季艰辛尤可耐,
若连年、困苦如何度?
况千万,
浮生④旅。

写于 2017 年 12 月 23 日

255

［注］

①东陵：秦东陵侯召平，秦亡后沦为平民，隐居长安城东种瓜，其瓜甜美，名闻遐迩，誉为"东陵瓜"。

②薅锣鼓：指薅锣鼓草，当年山区重要农事，列阵薅草时锣鼓督促，伴以山歌悦人。

③复干炎暑：薅草时，余腕缠手帕，腰系毛巾，但只能应付额头眉眼汗水。若遇骤雨，自然浑身湿透，但山风骄阳，却能在休息片刻后复干衣裳。其实即便没有雨，一整天，衣裳也照样反复干湿。

④浮生：人生。

贺新郎

访　旧

落日西山坠。

映斜晖、长空澄澈，

万崖笼翠。

庭院廊檐安桌椅，

古木凉阴满地。

后厨里、佳肴已备。

乡野亲朋篱舍远①，

手机呼、贵客邀相会。

弦月出，

四邻至。

相逢已觉心宽慰。

鬓虽霜、眉间眼里，

尚余英气。

腊肉新蔬煎豆腐，

样样家山美味。

鹿儿韭②、最开肠胃。

玉米寒泉花子酒③，

一杯杯、相劝何言醉。

四十载，

忆难寐。

写于 2015 年 7 月 19 日

［注］

①篱舍远：生产队单家独户，东岭西垮，相隔甚远。

②鹿儿韭：山里的野菜，叶大似鹿耳，通常制作腌菜，味极美。

③玉米寒泉花子酒：农户用玉米、山泉酿制的酒，出酒时，避开头尾，只接中间一段，当地称其为花子酒。

贺新郎

兰　草

重返山乡去。

过悬崖、徐行溪畔，

轿车代步①。

不见今年坡种黍，

幽谷无人鸟语。

山道险、急弯难驭。

女伴随行惊掩面，
指缝间、暗向窗边觑。
畴昔院，
绿阴处。

热情主妇亲如故。
道男人、深山觅草，
归时日暮。
山里兰花城里宝，
商贾邀夫领路。
望天际、心随云絮。
令誉蒙尘身枉贵，
料招来、筠菊梅轻顾②。
思九畹③，
客凝伫。

写于 2015 年 7 月 18 日

［注］

①轿车代步：轿车可以过悬崖、经山谷沿之字路上山，途中陡坡已不再种植玉米，汽车时时在树林中穿行。

②筠菊梅轻顾：古人称梅、兰、竹、菊为四君子，故有此语。

③九畹：典出《楚辞·离骚》"余既滋兰之九畹兮，又树蕙之百亩"。

258

贺新郎

农　户

树掩农家户。
黯星河、云疏影淡，
东方渐曙。
野岭崇山浓绿染，
尽把清凉付汝。
庭坝里、漫舒拳步。
檐下阶宽宜客饮，
沏新茶、主妇殷勤语。
忙早饭，
菜园去。

木杆院外凌空竖。
电视机、冰箱音响，
无须细数。
瓦上鸡鸣寻下蛋，
圈里幼猪聚伍。
竹巴篓、闲挂廊柱。
翠雀双双飞不舍，
见无人、入篓为雏哺。
叹畴昔，
有谁与？

写于 2015 年 7 月 20 日

贺新郎

烟　客①

扑面兰烟气。
鬓沾霜、旧衫破帽，
灿然笑意。
宛若芳丛间茨棘②，
却是知青另类。
常戏语③、开怀溢魅。
山野辛劳兼雪雨，
似农夫、吆喝牛耕地。
趁闲处，
卷烟备④。

原来昔日尝为吏。
孑然身、下乡何故，
曾经婚未？
料想心中愁似海，
愈见衣宽人悴。
却不改、痴迷烟味。
闻道换烟粮告罄，
冷山孤、壮岁悄然逝。
偶忆起，
只烟祭。

写于 2017 年 8 月 24 日

［注］

①烟客:老知青周荣生嗜烟,故曰烟客。兰烟,兰花烟,当地烟叶。

②茨棘:蒺藜与荆棘。烟客上山下乡时恐有三十多岁,故曰另类。

③常戏语:烟客生性诙谐,玩笑俏皮话总是令人开怀。

④卷烟备:每逢闲时独处,他便将烟叶细心地卷成烟卷备用。

摸鱼儿

知青李兴民、胡文蓉相继离世,令人感伤不已。兴民从村小老师做起,一直熬到硕士生导师,死时尚任教;胡文蓉一生命途多舛,年少辛酸凄恻,中年婚姻不幸,老来女儿夭亡,令人哀悯。

九泉召、逼催何急,

猝然相继归土。

风姿①未减徒悲尔,

哀闵辛酸唯汝!

山野苦。

雨雪沐青春,

中岁耽儿女。

向谁倾吐?

只怨判官翁,

昏花老眼,

错认命书主。

人生漫、庆幸半分寒暑。

春光荏苒新序。

桑榆已晚须珍惜,

莫复故人疏误。
休挂虑②。
好景趁余年，
偕友寻芳去。
同邀鸥鹭。
教地府勾差③，
沙汀天际，
难觅雁行处。

写于 2017 年 12 月 2 日

［注］
①风姿：李君生前学者风度翩翩。尔，李君。汝，胡文蓉。
②休挂虑：典出宋无名氏《玉楼春》"万事从今休挂虑，儿辈行当壮门户"。
③勾差：捕人的差役。

摸鱼儿

蛩　秋

又谁闻、碧空金镜，
稻田一片蛙鼓？
曾经砌下墙阴里，
漫织晚来弦谱。
良夜侣。
念画角吹寒，
未敢停机杼。

唧唧如许。
况茂竹萧萧,
萤光倩影①,
多少烛宵②趣。

从前地、不见篱园庭树。
依稀梦里乡土。
萦怀皓月荷塘曲,
素囊③追思千古。
蛩失语。
何处寄征衣④,
寂寞向谁诉?
月华如雾。
举目尽高楼,
几窗灯火,
惆怅无情绪。

写于 2017 年 9 月 26 日

[注]

①萤光倩影:典出唐杜牧诗"银烛秋光冷画屏,轻罗小扇扑流萤。天阶夜色凉如水,卧看牵牛织女星"。宋李石《临江仙》"起来花影下,扇子扑飞萤。"

②烛宵:有萤火虫的夜晚。古人称萤火虫为"宵烛"。

③素囊:车胤夏天用白绢收集萤火虫,用以读书照明。

④征衣:旅外远人或出征将士之衣。

摸鱼儿

丁酉夏,在冯家小院避暑。返家前夕适逢雨季,大雨滂沱,断续连日。明薇嘱余作词以记。

骤然间、骄阳销迹,
连天阴郁霖雨。
松窗一阵萧萧疾,
院外哗哗喧鼓。
蝉噤树。
木叶①落空庭,
镇日水帘注。
南冠囚处②。
卷帙弃窗前,
庾愁③尽入,
袅袅素琴缕。

休嗟怨、负了黄花雅趣。
枉思江畔闲步。
风霜雨雪天翁定,
敢不随缘任汝?
君莫虑。
时节换秋神,
西海④涤炎暑。
莫如安住。

待到翳云开，
东篱邀月，
同饮菊花露⑤。

写于 2017 年 8 月 29 日

[注]
①木叶：典出《楚辞·九歌·湘夫人》"洞庭波兮木叶下"。
②南冠囚处：楚人钟仪囚于晋，仍戴着故乡南国的帽子，晋侯叫他弹琴，弹的也尽是故乡南国的曲调。
③庾愁：南北朝时，庾信诗中多乡关之思。
④西海：传说中的西方神海。
⑤菊花露：用菊花泡制的清酒。

摸鱼儿

2018 年 7 月，携妻来龙安度夏，入住富华酒店观景楼。落地窗外，涪水奔涌，青山叠翠，云飞鸥翔，不禁回到当年白云深处改刀锯的岁月。

碧云溪、青山相伴，
溪旁崖下安住。
结棚立架支锅石①，
翠叶蔓枝床褥。
惊鸟语。
怕暗夜来宾，
篝火如山巨。
怨风恨雨。

更野谷欺人，
探林踏径，
难觅栖身处②。

人常以、精彩当年自诩。
沾沾涓滴称誉。
一生得意知多少，
何事独怀悲绪？
余告汝：
安乐似坟茔③，
砥砺重千古。
惟轻纨绔。
晚岁既心安，
闲时回首，
苦漫过来路。

写于 2018 年 7 月 20 日

［注］

①结棚立架：搭设窝棚、竖立改锯的料架。支锅石：用石头支锅。

②难觅栖身处：当时风雨交加，在山林中苦苦寻觅栖身处。

③安乐似坟茔：知青林场提倡艰苦创业精神，其流行语是"温暖的被窝，是埋葬青春的坟墓"。

摸鱼儿

忆鞠仕生①

怎能忘、平生知友，
竟然早隔天地！
山村插队初相识，
眉眼少年英气②。
今尤记。
风雨筑新巢③，
弱冠安家事④。
丈夫意志。
母病举家还，
牛车拉货，
朝夕讨生计。

时运转⑤、拔地酒楼睥世。
常矜伊尹厨艺⑥。
老来偏惹相如疾⑦，
却怨就医昂贵。
钱不易。
治病看郎中⑧，
未肯残羹弃。
忠言难济。
愚俭误余生⑨，
痛斟杯酒，
尽洒为君祭。

写于 2020 年 11 月 11 日

[注]

①鞠仕生:遂宁赴平武老知青,年仅 15 岁便上山下乡。

②少年英气:仕生年轻时体格健壮,眉目俊逸机敏。

③风雨筑新巢:他在南坝公社通江大队麻柳坪插队后,不等不靠,自己申请公社批木料,请来外地匠人,改料烧瓦,精心筹划,靠一己之力,居然建起三间瓦房。

④弱冠安家事:仕生与女知青王勤在生产队结婚时刚满二十岁。古时男子 20 岁行冠礼,表示成年。

⑤时运转:改革开放后,他落实了户口,不再拉车。起初他在街头卖稀饭面条,随后承包一家小食店,再往后居然建起一栋宽敞的三层楼房,自己主厨,经营起了当地规模最大的餐馆。

⑥伊尹厨艺:伊尹,商朝开国丞相,精于烹调,史称中华厨祖。仕生亦精于烹饪,熟稔南北口味,善于揣摩食客心理,招呼应酬,如鱼得水。

⑦相如疾:仕生所患之疾,与司马相如相同(糖尿病)。

⑧治病看郎中:仕生或许是出于节省,或许出于偏见,一直不信任大医院,宁肯请江湖郎中,只服中药治病。且自恃身体强健,公然挑战命运,肥肉、稀饭、剩菜照食不误。

⑨愚俭误余生:仕生一生艰辛,深知一粥一饭来之不易,虽待客不失礼数,待己却分外节俭,平时从不在意衣着,生病则不肯多花钱就医用药,终至刚过花甲便与世长辞,令人哀叹痛惜不已。

水龙吟

核桃树①

小楼山麓清幽，
庭前核树浓阴蔽。
团团簇簇，
繁枝远举，
勃然生气。
破屉苍头②，
烟缸茶盏，
蓬门长闭。
叹平生碌碌③，
愧同老迈，
争如许、苍松翠。

祸福从来难避。
似人生、树犹如此。
疾风骤雨，
霹雳声响，
干崩枝坠。
悔未年年，
斫斤沥汁④，
终成牵累。
幸残柯自在，
泰然独酌，任风摇曳。

写于 2017 年 7 月 25 日

269

[注]

①核桃树:知青冯勇家的小院里,有一株茂盛的核桃树,果实颇丰,每每提及,不胜喜悦。

②苍头:灰白色的头。

③叹平生碌碌:冯君体弱,一生多困厄,常自嗟碌碌。

④斫斤沥汁:每年冬日,山里人用刀斧砍割核桃树皮,让树苦汁流尽沥干,以抑制枝叶过度生长。而庭前的这株核桃树由于未割沥苦汁,因而枝繁叶茂,累累青果,终至不堪重负,故而干崩枝坠。

青玉案

餐馆邻桌老翁聚饮,忽然勾起往事的回忆。知青周广元,当年每逢赶场,总见他与乡人饮酒,但境况却迥然相异。

桌旁三五农家叟。

卤牛肉、烹猪肘。

忽忆当年君会友。

碗传粗酿①,

盘余葱韭,

一样欢声透②。

欢愉只在醉中有。

日不辍、回城后。

剩菜浊醪终折寿③。

相逢梦里,

溪山依旧,

同饮茅台酒。

写于 2019 年 8 月 31 日

[注]

①粗酿：酿制粗糙的劣酒，与浊醪同义。

②一样欢声透：周君常与农友饭店同饮。通常菜很少，六七个人，即便盘里只剩韭片葱结，仍土碗传饮，气氛热烈。

③剩菜浊醪终折寿：返城后，周君嗜酒依旧。有一年冬天上午，几个知青看望他，见破桌上仍是大杯廉价白酒，以及冷脂凝结的几片胡萝卜剩菜。大约十余年前他去世了。

渔家傲

余山乡插队时，某日去坡上干活，途经一户农家院子，堂屋大门敞开，地上有一碗玉米饭，幼儿坐地上，哭着驱赶屋内的鸡、猫、狗和小猪。

堂屋留餐农事逼。

鸡猫猪狗争相食。

匍伏望人腮泪湿。

追往昔。

霎时风雪天边笛。

山路穿林摩托急。

老翁车上神气逸。

子息满堂仓廪实。

难究诘。

当年犬子谁能识？

写于 2016 年 7 月 10 日

271

鹧鸪天

忆馨民

文庙①书声俊少年。
飘摇风雨共龙安②。
过街楼③巷琴声远，
柏树塆④头小宴欢。

虽咫尺，若天边⑤。
撩人往事漫如烟。
若能穿越寻君问：
吾辈可曾入梦间？

写于2019年6月30日

［注］

①文庙：遂宁一中校址昔为文庙。初中时我与馨民同班。

②龙安：平武县曾为龙安府，我与馨民同为平武知青。

③过街楼：指成都过街楼街。20世纪60年代末，我随馨民到他二姐家小住，记得是在过街楼街。

④柏树塆：我昔日插队地，在平武县南坝镇通江村。

⑤天边：离开农村后，馨民在成都，我在遂宁，两市相距不过百余公里，却难得见面，犹如天涯之遥。

风入松(二首)

癸巳年春,平武农友一行八人,结伴租车赴遂探视余病妻,留遂两日。余与妻曾在山里插队,迄今已逾四十年矣!每念及此,不胜感慨。

(一)

东风吹散病妻眉。

竟日踏青思。

却闻阔别山乡客,

天涯雁①、情系南枝②。

几度梦中欢笑,

数番栏畔③迟疑。

鹊声迎客到门扉。

山野送春晖。

垂髫俊少叱牛汉,

年光逼、蒲柳虬髭。

锣鼓④山歌地里,

火塘喜宴年时⑤。

[注]

①天涯雁:天涯飞行的雁行。比喻同行的兄弟。

②南枝:朝南的树枝,借指住在南方的朋友。

③栏畔:不断到阳台栏杆处伫望,几次疑心远客已至。

④锣鼓:指"锣鼓草"。平武山区旧俗,农忙抢薅玉米草时,须敲打锣鼓督阵赶工,锣鼓间隙,通常要唱传统的"草歌子"。

⑤火塘喜宴年时:火塘闲聊、结婚酒宴、农历大年,是山里最为温馨难忘的时光。

273

（二）

馆楼丽景轿车随。

不惯逸情滋。

茶烟勾起无穷事，

春风柳、庭院①依依。

鸥鹭平湖偷影②，

芳丛碧草留姿。

流年絮语似山溪。

执手嘱良医③。

华堂祖席④尊前酒，

倾江海、难慰别离。

若有浮槎⑤可去，

纵然云树⑥能归。

写于 2017 年 11 月 7 日

［注］

①庭院：指景区茶园、农家乐。

②鸥鹭平湖偷影：鸥鹭，典出《列子》"鸥鹭忘机"。

③执手嘱良医：拉着手嘱妻寻好医生治病。

④华堂祖席：华堂，华丽的餐厅；祖席，送别的宴席。

⑤浮槎：典出晋张华《博物志》。海与天河相通，有人乘浮槎到了天上。此处谓若有浮槎，必能须臾至远。

⑥云树：云端中之树，借指高峻的山头，当年插队的地方。

风入松

腊　八

　　余念初中一年级时,尝下乡割麦,时炎热难耐,鼻血涌流,获奖二两麦穗,回家与两弟用煤油灯熏烤充饥。

年年腊八煮粗粮。
冻馁勿相忘。
可怜割麦酬劳奖,
油灯畔、兄弟初尝。
灯焰熏烧麦穗,
焦粒抚慰饥肠。

三仁五菽八珍汤。
围桌喜洋洋。
一生之计躬勤俭,
惜天物、切莫轻狂。
竖子难知苦厄,
稠糜直道甜香。

写于 2018 年 1 月 24 日

275

风入松

雪松①鹤驭,余足疾不能行,兹赋词以吊。

大寒日色黯彤云。
地府诣胡君。
人生怎奈年光短,
凌云志、空付离魂。
但记流觞豪饮,
幸留芸帙长存②。

冥差③先后叩邻门,
故友泪沾巾。
从今远去清幽地,
长亭句、聊代金樽。
记取行藏用舍,
寻常便是业勋④。

写于 2018 年 1 月 21 日晨

[注]
①雪松:胡雪松,生前是遂宁市剧作家协会副主席。
②芸帙长存:雪松留世有戏剧作品集若干。
③冥差:冥府差役。
④寻常便是业勋:业勋,勋业。据说他为一部鸿篇巨制而呕心沥血,亦为此病殁。

风入松

岁末赘语

昔年主妇尽厨师。
络秀①余姿。
声声爆竹新春近，
蜂窝灶②、蒸煮烟弥。
开宴厅房③济济，
举杯主客怡怡。

如今飨客酒楼移。
音响迷离。
轮番日日人皆困，
醒茶解、歌舞瑶池。
胜景宜缄絮语，
年关怕扰清时④。

写于 2020 年 1 月 18 日

［注］

①络秀：西晋安东将军周浚，行猎时遇暴雨，留宿汝南李家，有女络秀，相貌出众，与一婢宰羊备炊，供数十人饮食，事事精办，不闻人声。

②蜂窝灶：蜂窝煤灶。数十年前，家家户户均以蜂窝煤灶烹饪，逢年过节，依然能做出两三桌酒菜招待亲朋好友。

③厅房：客厅与房间。

④年关怕扰清时：去年冬天，余曾将部分词作发布在博客上，年末忽觉格格不入，遂停发并作此词以示。此调与本章其他两阕《风入松》，上章两阕《江城子》，或因临时应事所作，或记回忆中忽然飘过的片段，姑且一并收入《龙安新词》中。

风人松

年关将至,插队时的农友忽寄山货来,遂填词以记。

山乡快递令人殊①。
情义重如初。
糁辣豆豉②新荞面,
猪血粑、腌渍香蒩③。
味染山林风雪,
情移塘火倾壶。

一生不识半言书④。
风雨尽劬粗。
可怜儿女江湖客,
惟节假、始得归途。
欲寄友人年货,
迟来只待阿奴⑤。

写于 2020 年 1 月 15 日

[注]

①山乡快递令人殊:忽然寄来的山货,令人十分意外。

②糁辣豆豉:用米粉、辣椒做成的干豆豉。

③腌渍香蒩:指山里特产的龙须腌菜,其香扑鼻,是佐餐的绝佳小菜。

④不识半言书:农友不识字,曾经错用除草剂,几乎毁了一季大豆。

⑤迟来只待阿奴:农友只有等女儿回家,才能办理快递事宜,故而寄迟。"奴"是古代妇女自称谦辞,"阿奴"则是东晋时,长者对晚辈表示亲昵的称呼,此处借指农友女儿。

风入松

清晨天寒,在饭厅烧一盆青冈炭火取暖。炭是从山区运回来的,不由想到冬天火塘边的情趣,想到深山烧炭的艰辛,于是接通山里农友的电话。年关临近,他们正杀猪宰羊,为儿女准备年节佳肴。

从楼瑟瑟浸晨寒。
不敢久凭栏。
融融盆火厅隅暖,
星花爆、刹那林间。
垢面窝棚干馍,
伐薪烧炭南山。

手机千里问平安。
俚语应声欢。
杀猪早早期儿女,
年光短、日日新年。
寄语如通山路,
壶留家酿塘边。

写于 2018 年 1 月 19 日

279

下编　遂州今赋

船山体育馆①赋

　　美哉壮哉，何来之馆？披西山之烟霞，临渠水之涟漪；雄踞开阔之平野②，晖映浩杳之碧空。层台重构，拔地高耸；华楹玉阶，荷盖辛栋。迫而察之，俨然斗舰③泊锚停江渚；远而望之，宛若鲲鹏奋翼向苍穹。美哉壮哉，船山之馆！

　　登高室以远眺，逐浮云而遐思。感海晏之河清，图修世之盛明。川中古邑，文峰高阁④今何在？遂州胜地，船山黛色迤逦来。广德寺外，疑是贾岛推敲处⑤；灵泉池边，尚余东坡写字台⑥。山川灵秀，钟毓俊逸倜傥之士；礼义诗书，造化济世栋梁之才。咏幽州悲歌，徒生子昂⑦忧愤；吟丘壑华章，仰慕问陶⑧雅怀。史帙如烟灭，白云自悠悠。故国山河添胜景，船山新馆铸春秋。伯玉有知，好梦归遂州。

　　夫斗城之精英，川中之俊杰，袭前人之清芬，切时代之脉搏，怀抱利器，情系伟业。党政干员，妇孺老幼，捐慷慨之资，期殷切之望。于是披星戴月，殚精竭虑，沐凛冽之寒风，承铄金之曝日，两易寒暑，斯乃告竣。是以经营城市，硕果初见；遂州发展，再启新篇。

　　开连廊之藻扃，启璀璨之绮帷。华几布列，宾客连臂。羡英硕之股肱，睹窈窕之束素。木横之而凌空，如惊鸿之翩跹；水暖之而翻浪，似潜龙之迅疾。哨裁急促，太息低回；掌声雷动，群情激昂。育进取之心，蓄拼搏之志；穷竞技之智巧，强壮硕之体魄。奋扬中华民族之威，尽雪东亚病夫之耻。

　　至若树影幢幢，晨光熹微，或漫步于曲径，或练拳于空庭。渠水静而呢喃，喷泉冽而暂停。花畦连片，绿草成茵。鸟欣欣而始鸣，人恋恋而忘归。及至夜幕低垂，华灯初放，歌声乍起，琴音骤响。啭悦耳之流莺，颂喷薄之朝阳。是时激光流转，幻若梦境。四壁投影，熠熠生辉；或如海之蔚蓝，或如春之翠绿。光逼曛色，影剪夜空，若巨舰之拔锚，欲乘风之破浪。

嗟乎，盖其船山之谓，独非沿袭之故也。其船如山，似斗城父老之重托；其馆如船，寄期盼求索之远志。百业待兴，征途尚远。唯展鸿鹄之旗，飘飞龙之幡，履其波而不息，扬其旌而不止。满载遂州人之期望，驶向新世纪之海洋。

美哉壮哉，船山之馆！

壬午年季秋

[注]

①船山体育馆：位于遂宁城区城西山麓，嘉禾路口。

②雄踞开阔之平野：体育馆竣工之际，周围尚无任何建筑，一片空旷开阔，故有此谓。

③斗舰：古代巨型战船。

④文峰高阁：文峰阁，俗称"八角亭"，原建于城西船山坡，曾是遂宁标志性景点。

⑤贾岛推敲处：唐代诗人贾岛，曾任遂州长江县（现大英县）主簿。

⑥东坡写字台：传说东坡曾在遂州灵泉寺的"灵泉"旁烹茶赋诗。

⑦子昂：陈子昂，字伯玉，遂州射洪人，唐初著名诗人、文学家。

⑧问陶：张问陶，字仲冶，遂州人，清代杰出诗人、著名书画家。其高祖为清代名臣、治河专家张鹏翮。

犀牛堤码头赋

　　遂州东畔，灵泉之西；犀牛望月之地，码头临江倚堤。涪水北来，奔流纵横；傍城隅之曲岸，夹丰茂之绿汀。长桥卧波，通蓬莱之仙馆；冈峦迤逦，展东山之画屏。崇阁凌空，开启灵明之鉴觉；堤柳四垂，摇曳恬澹之逸情。美哉，犀牛码头！

　　日出扶桑，东君莅临，云彩斑斓，霞光辉映。携手玉墀以降，漫步宽敞之庭。舒啸晨练，徘徊栖迟；草露初晞，树鸟始鸣。清风徐来，水波不兴；万虑顿消，气爽神清。游艇往返兮，岸移舟行。可去长州寻芳，最宜修竹品茗；三春鸟闲，四时花随。游鱼怡然，何羡濠梁之乐？碧波荡漾，追忆夏禹之勋。至若游客倦归，夜幕低垂。晚风轻拂，华灯初放；奏南音以翩跹，赏夜景以尽觞。波光若鳞，月色如霜。眄江堤而愉悦，仰广宇而迷茫。回眸犀牛，暇思飞扬。

　　夫犀牛望月之谓，乃喻所见不全也。盖其辟山浚淤，却具披坚执锐之功，势不可当之力；传能逐潜江之蛟，慑吞舟之鱼，故为镇水之兽。然遂邑历为丰稔繁华之邦，物资集散之地。畴昔商贾云集，香客连臂；舟船横而蔽江，樯帆密而日晦。然若阴霖旬月，则水积势盛，激荡冲刷，河溃千里；民众蒙难，货利尽失，无不令人痛之惜之。故知镇水之说，乃寓祈福之愿，禳灾之盼也。

　　于是采川西之青石，蓝田之美玉，承护堤之落成，继码头之建兴。匡历年之流弊，立新纪之警示。弃狷狭之燥，鹜久固之实。画卷恢宏，镌刻朴拙。船舍俨然，鱼虫在石，流连码头，宛行水涘。柱链长列，尽泊十里画船；原隰平整，恭迎八方雅士。其空旷轩敞，可喻怀霜之德；疏朗简约，犹寄凌云之志。

古人叹曰：俟河之清，人寿几何？时惟盛世，海晏河清；其忧已不在，其叹亦不复。时光与流水并逝，码头共繁华沉浮。余观码头，实为州邑繁盛之风标，区宇安康之肇始也。倾年以来，国泰民安，社会和谐，犀牛遗构，顺时重建。今者，重定发展之策，躬行以人为本；卸货运之司，开游赏之旅；倡惠民之实，革文饰之虚。是故男子树兰，美而不芳；桃李不言，下自成蹊。斯乃刍荛之议，岂非犀牛望月之见乎？

美哉，犀牛堤码头！

丁亥年孟夏

《犀牛堤码头赋》浅译

遂宁市城区的东边，遥遥与灵泉寺相对，就在传说犀牛望月的地方，刚建好的码头一面临江，一面紧靠着犀牛堤岸。涪江河水从北面奔流而来，仿佛有纵横千里之势；河水紧傍着城外弯曲的河岸，又好像挟持着草木繁茂的猫儿洲。在码头的北边，涪江三桥横卧在河水波浪之上，桥的另一头仿佛通向蓬莱仙人们居住的地方。在码头的对面，是连绵不断的苍翠冈峦，好像一幅不断展开的画卷。凌空高耸的观音阁就在那儿，默默地启示着佛法的智慧。犀牛堤上，柳枝纷然飘拂，似乎摇曳着恬淡的闲情逸兴。真美呀，犀牛堤码头！

旭日东升，阳光照临大地，东方云彩斑斓，一片霞光，辉映着碧蓝的天空。在这美好的时刻，假若你携侣沿着台阶缓缓而下，在宽敞的码头漫步，一边呼吸清嗓，一边稍事锻炼，徘徊流连，该多好呵！那时候，草地上的露珠刚刚干燥，苏醒的小鸟开始唱歌，晨风轻轻吹拂，码头外的河水平缓地流淌着，你会感到各种忧虑顿时消解，心中充满了愉悦，倍加觉得神清气爽。

时光渐渐过去，旅游的盛况逐渐开始，只见江水中游艇来来去去，穿梭不停。人乘坐在船上，虽然船已离岸，可是却仿佛感到不是船在行驶，而是河岸在移动。对于游客来说，你可去对岸的猫儿洲，去那儿寻芳览胜。当然啰，最好的休闲方式，恐怕莫过于寻一处修竹茂林，找一个幽静的地方，与朋友一道品茶闲聊，一边欣赏美景，度过这美好的时光。猫儿洲真是一个好地方，整个春天你都会听到小鸟美妙的歌唱，其实一年四季都是如此。鸟儿的叫声透出无尽的闲情逸兴，事实上，这是因为你的心情闲适而已。在这里，各种鲜花随着季节的变化而相继开放，美不胜收！而在平静的河水中，游鱼在悠闲地游乐，使人不禁想起了庄子与他的弟子在濠梁观鱼的故事。不过我们不必羡慕游鱼，我们自己不是在自由自在地游乐吗？碧波荡漾的河水，还使人想到从前大禹治水的故事，他的高风亮节至今还令人钦佩不已。现在我们能如此愉悦地在码头勾留，想来那些治理涪江的人们，也贡献不小吧？

到了傍晚，疲倦的游客开始陆续回到码头。夜幕渐渐低垂，从江面上送来一阵阵凉风，码头和犀牛堤上的路灯亮了，散发着温柔的光辉。这时候，晚饭后的市民也趁闲赶来了，他们和游客一起，开始了夜晚的娱乐活动。不知是谁播放起了一首首轻柔的舞曲，于是有人便跳起舞来，舞姿优美而轻盈。还有一些人，在码头边上，一边观赏夜景，一边尽情地喝酒，把他们带来的酒全喝光了。夜深了，水面上波光万点，像鱼鳞一样闪闪发亮。月光一片银白，又像是漫空里凝结了透明的白霜。看着江边和堤岸上快乐的人们，你的心也不由得更加愉悦。可是，当你仰望广阔的夜空时，你的心一定会生出无限的感慨，茫茫宇宙，人是那么无知和渺小，你多半会迷茫或惘然若失。我就是这样。不过，当我偶尔回头瞥见堤上那尊犀牛雕像时，不禁遐想联翩，思绪早已飞得老远。

我想到的是关于犀牛望月的说法。其实，犀牛望月，通常是比喻"所见不全"，因为犀牛鼻子上的弯角，妨碍了它的视线。不过即使如此，犀牛因其皮与角，使它披坚执锐，具有不挡之势，大禹治水时，它辟山凿谷，浚淤通流，功不可没。传说它能驱逐江底的蛟龙，威慑足以吞舟的大鱼，所以人们把它视为镇水的神兽。遂宁为川中重镇，历来是物产丰富，商业繁荣的地方，是川中重要的物资集散地。从前这里聚集了各行业的商人，赶来名山古寺烧香拜佛的香客也络绎不绝，简直是肩膀挨着肩膀。商船之多，遍布江上；船帆太密，几乎把日光都遮盖了。然而，一旦遇到暴雨时节，连绵的阴雨一连下上十天半月，河道中积满了洪水，汹涌的势头越来越大，在江水的激荡冲刷下，虽有犀牛的护佑，漫长的河堤仍然溃塌了。它给民众带来了巨大的灾难，无数的货物以及商业繁荣带来的好处，损失殆尽，实在令人痛心疾首、扼腕叹息！可见，说犀牛能镇水，那不过只是人民的一种美好愿望，想要借助犀牛来乞求神灵的保佑，从而驱逐灾难罢了。

现在，我们作了充分的准备，采购了质地优良的各种材料，其中以青石为主，待犀牛堤竣工之后，接着便开始了码头的建设。为了纠正从前对水患的忽视，我们特地把历年受灾时的水位线一一标示出来，以示警策。在修建过程中，我们力戒急功近利和狭隘的眼光，力求坚固牢实，把工程质量落到实处。码头上的历史画幅，显得气势恢宏，其镌刻则朴素而古拙。几艘船形的房舍，既庄重又十分有趣。青石地面上，还雕刻着一些鱼虫，你在码头上流连时，真有点走在水里的感觉。至于码头边那一长排石柱和铁链条，则显得非常壮观，码头如此之长，足可以停泊远近十里的画船；低平整洁的码头，似乎正恭敬地等待着各地优雅的游客。空旷而轩敞的码头，由于其空，才有容纳之量，这可以比喻为德；疏朗简约的风格，表示不附和冗杂繁复的时尚，从而显示出道劲的风骨，不妨说是寄托了高远的追求。

古人曾经叹息说：想要等待黄河水清，不知人的寿命得多长啊？如今，我们正处于繁荣昌盛的时代，四海太平，人民安居乐业；古人的这种忧虑和叹息再也不存在了。然而，岁月也如同流水一样，一去不再复回，码头的情况也是如此。细细想来，它是与繁荣一同沉浮的：从前码头繁华，商业以及各行业也随之繁华；码头衰败后，商业的繁华也随之衰败，或者情形正相反。所以我看码头，其实正是一个市县繁荣的标志，是一个区域经济发展兴盛的开始。近年来，国泰民安，社会和谐，所以犀牛码头，也顺应时代的要求，在其原址重新建设。重新确定社会经济发展的目标和战略，认真奉行以人为本的方针政策，虽然基本上放弃了航道货运业务，却开辟了新的旅游的项目，而且实施惠民政策，对人民充满了关爱，一改过去务虚的作风，脚踏实地地为人民办实事。这正应了一句古话：男子树兰，美而不芳；桃李不言，下自成蹊。古人认为，男子培植的兰花，虽然花艳，却没有芳香，这是因为男子缺乏对兰花的深切爱心；桃李不声不响，却色艳香远，吸引了远近的游人，以至于树下踩出了条条小路。

上述这些话，只是割草砍柴人的初浅议论，或许正是犀牛望月似的不全之见！

真美呀，犀牛堤码头！

高升实验小学序

　　川中古邑，城西故地，畴昔曾为考试院。旧时学子，寒窗苦读，惟由此跃登龙门；高升之谓，盖源于此。民国初年，弃科举之考棚，移新学之绛帐。初为县立一小，继则为省立第三师范学校，复曰试院局小学。数易其称，始为今名。岁月倏忽，屈指已近百年矣！

　　临校园以四顾兮，接满目之芳菲。华楼矗立，窗明几净；室轩庭敞，设施齐备。佳树映秋日，绿芜生春意；稚语欢校园，童歌遏行云。莳花尽妙手，授业皆良俊；殚精竭虑，夜寐夙兴。藉师道以攀援，循书阶而高升。桃李丰硕嘉名远，历史名校誉斗城。

　　夫教育者，经国之大业也。自新时代以降，现代与传统，个性与统一，冲突日甚。人各相异，教则同一，岂非谬乎？高升之实验，其意旨深远矣。实验者，探索创新也。因材施教，以人为本。赋五常以新义，期师道以交融。承知识之传授，重方法之启迪，育品格之完美，蕴创造之激情。窃以为，此至善之道也。

　　摇荡春风，辉映桃李。名校赖名师，名师出高足。惟高擎实验之旗帜，弘扬丰茂之人性，推而广之，人才之摇篮，栋梁之苗圃，遍及大地。其必裨益于今，惠施于后，岂非旷世之伟业乎？

甲申年季秋

289

遂宁中医院赋

中华医学，世之瑰宝也。其博大精妙，源远流长，如星汉之璀璨，江海之浩渺。郢匠①国医，世代辈出。然岁月沧桑，西医日显；青箱传学②，渐次式微③。逮及新岁，沐浴南薰；英风重振，医药咸兴。

夫川中斗城，州郡之府，振兴中医，责无贷乎？于是聚本土之名家，延青春之才俊。增其规模，添其设备；博采众长，兼收并蓄。开流以纳泉，袭故而鼎新。历五旬之功，毕上下之力；由凋敝之诊所，建恢宏之医院。奖誉纷至，名声鹊起；三级既得，橘井始成④。

盖其医者，扶危济世，解涸救鲋⑤也。上医医国⑥，良医医人；演百曲而识乐，愈千疾而为医。立德韩康伯⑦，学道长桑君⑧。宁静明远志，淡泊似莲心；樾荫西河柳，吟哦万年青⑨。

时惟盛世，剑合延津⑩，更上层楼，与时俱进。茸华楼兮添异彩，寑春风兮发鲜荣。育拔俗之人才，扬传统之优势，兴特色之专科，创现代之医院。穷本源以光大，融西学而丰润；珠联璧合，中西辉映。白衣蕊宫女⑪，荀令香自生⑫；鹤氅⑬皆妙手，春色满杏林⑭。嗟乎，不登高山，不知天之高也；不临深溪，不知地之厚也。行百里者半九十⑮，则青出于蓝，冰寒于水；彪炳春秋，宏图可待焉！

甲申年孟冬

[注]

①郢匠:有成语"郢匠挥斤",典出《庄子》,喻技艺纯熟、高超。

②青箱传学:典出《宋书》,谓世代相传的家学。

③渐次式微:式微,语出《诗经》,谓由兴盛而逐渐衰落。

④橘井始成:橘井,典出晋《神仙传》。汉苏仙公得道成仙,临行告其母明年将发瘟疫,可以庭中井水,檐边橘树叶救治。这里喻良医、良药。

⑤解涸救鲋:有成语"涸辙之鲋"。涸辙,干涸的车辙;鲋,鲫鱼。典出《庄子》,喻救助困境中的患者。

⑥上医医国:典出《黄帝内经》"上医医国,中医医人,下医医病"。

⑦立德韩康伯:韩康,字伯休,东汉高士,采药卖药三十余年,从不二价。其药称"韩康药",喻有疗效的良药。古时擅长精于一艺之人称"伯",韩康精通药材,可称为"药伯",故称韩康为"韩康伯"。

东晋玄学家韩伯,字康伯,亦称韩康伯。韩伯素有德行才能,幼年时家贫,早慧,被视为"国器",后来,果然官至吏部尚书。此处兼指二人。

⑧学道长桑君:长桑君是战国时的神医,传说是扁鹊的老师。

⑨远志、莲心、西河柳、万年青:均为中药材。

⑩剑合延津:典出《晋书·张华传》,丰城有双剑,紫气上彻云天。尚书张华命丰城令雷焕寻剑,果得双剑,雷与张各持一把。张亡后剑失。雷亡后其子佩剑行经延平津,腰间佩剑忽然跃出坠水,随即见二龙破浪而出。喻人才辈出。

⑪白衣蕊宫女:蕊宫,即蕊珠宫,道家传说中的宫殿,神仙居住之处。此处为护士美称。

⑫荀令香自生:汉荀彧,字文若,为尚书令,据说他衣带有奇香,所到之处,香气三日不散。喻风采高雅。此处为医生美称。

⑬鹤氅:典出《世说新语》:王恭"被鹤氅裘",孟昶叹曰"此真神仙中人"。诸葛亮亦好其服。后世泛指一般外套。此处指医生外衣,代指医生。

⑭杏林:中医学界代称。典出《神仙传》中医生董奉为人治病的故事。杏林代表了中华传统医界,董奉也与同时代的张仲景、华佗齐名。

⑮行百里者半九十:典出《战国策》。喻奋斗的目标越接近成功,就愈加困难,因此,即便走了九十步,也要把它作为五十步来看待。

广德观音道场^①序

广德之观音道场，其胜缘殊久矣！自唐开元初年兴建，迄今已历千三百年。开山祖师克幽乃李唐宗室，为肃宗、代宗、德宗三朝国师，其德行高远，有观音大士化身之谓。及至宋明，佛道大振，龙象^②辈出。历朝皇帝敕封，计十一次之多，且御赐"观音珠宝印"，及四种文字所镌之"通关法印"。其时名重华夏，四海归崇。观音三姊妹于兹修行之说，渐次滋蔓。宋明以降，道场愈益隆盛，比年香会，朝拜者肩摩踵接，法雨所惠，遍及西南诸省，故誉为"西来第一禅林"。

禅寺之佛教建筑群落，沿袭明代风格，重殿层阁，气势恢宏，寺内之"圣旨坊""善济塔"，均为宋代遗构。禅林绿树掩映，古柏森森，义天^③朗耀，梵音袅袅，无不彰显十方丛林^④之庄严，观音道场之真谛。禅益社会，升华人生。摄心归真善慧美，携手臻精神文明。

春风和煦，时济缘熟，乃重启伽蓝^⑤，再兴禅林。遵帐幄之长策，管委会孜孜践行。修葺整治，扩其规模，禅林既兴，胜景名区亦成，礼佛游赏，相得益彰。是处层峦叠翠，曲径通幽，远离尘世之喧嚣，毗邻湖水之澄澈^⑥，确为静虑尘心之绝佳去处。若栖神幽谷，领略高蹈^⑦之逸风；养性山中，流连古德之圣迹；体悟禅林之境界，寻觅孔颜之乐处^⑧，彼时心无挂碍，虚静湛然，其无限风光，尽收眼底。

二〇〇七年九月

[注]

①广德观音道场：遂宁的观音道场有灵泉寺和广德寺两座，皆有千余年的历史。观音文化在遂宁民间流传广泛，历史悠久，是我国观音文化的发祥地之一。2008年元月，中国文联、中国民间文艺协会正式命名遂宁市为"观音文化之乡"。

②龙象：出家人尊称，通常指得道高僧。

③义天：住大涅槃之诸佛菩萨称义天。唐慈恩大师窥基、高丽大觉禅师亦称义天。一般指善解佛法妙义的高僧，这里指佛法精神。

④十方丛林：十方，八方及上下；丛林，僧人聚居之处。十方丛林是一种寺庙管理制度，其规模较大，可接受云游僧人挂单，甚至常住修行。

⑤伽蓝：梵语，即僧众所居之寺院。

⑥毗邻湖水之澄澈：广德禅寺与卧龙山公园青龙湖毗邻。

⑦高蹈：指潜心修行高僧的隐居生活。

⑧孔颜之乐处：典出《论语》。子曰："一箪食，一瓢饮，在陋巷。人不堪其忧，回也不改其乐。"回，即孔子弟子颜回。

锦华园记

锦华园，锦绣精华之园，玲珑雅致，迤逦八百米。原址狭而洼，辟为园林，借锦华之地，兴惠民之实。其繁花似锦，绿树成阴，神韵高远，气氛恬静。倘能为城隅平添秀色，令途经者悦目，休憩者赏心，比邻居者晨昏流连，建设者便不胜欣慰矣！

遂宁市建设局
二○○七年七月十四日

293

康熙红桂花序

　　桂花香气优雅浓郁，然千百年来，总以黄蕊示人，少见他色。唯遂州桂花镇有奇异红桂，鲜为人知。据传，康熙南巡时，在遂州桂花镇为涪江洪水所阻，留下诸多遗迹趣闻。红桂由来，盖源于此。

　　桂花镇原名江垫镇，其地桂树丛丛，清泉甘洌，山水清幽，物丰民朴。御驾随行武状元白先诗，以国祚昌隆，颂曰元亨利贞。康熙感慨洪水扰民之患，遂题福寿康宁四字。

　　銮舆归后，康熙品茶取水之井泉涌如柱，百姓名之曰天龙泉。曾为康熙垂幸之桂园，一处繁茂异常，曲柯虬枝，犹如九龙盘旋，人称龙桂；一处花蕊胭红，灿若赤霞，故称康熙红。江垫镇亦更名桂花园。

　　南宋易安居士遗憾楚辞未吟咏桂花，以为即便没有浅碧深红色，桂花亦属花中第一流。是故邑人有浣溪沙词曰：

　　　　染罢丹霞出月宫。
　　　　梅羞菊妒沐秋风。
　　　　暗香清远透晴空。

　　　　千古骚人留遗憾，
　　　　易安论品冠寰中。
　　　　不知绝色状元红。

[注]

　　红桂花如何与康熙有关，没有确切的依据。其实，红桂花亦即丹桂，其优良品种谓"状元红"，或许"康熙红"只是另一个称谓。

圣水寺记

绵州西畔，塔子山麓，丽日春光明媚，禅寺庄严肃穆。寺曰圣水，其殊胜因缘，迄今已逾千年矣。唐永徽年间，斯山崖壁之下，忽现龙湫，味美如饴，故曰甘泉；因其利人之功，亦曰阜民；上善若水，润万物而不争，爰其济世之德，复曰圣水，乃为寺名。

时惟盛世，惠风和煦。承曹溪之余绪，传心灯之光明。两任住持，僧伽信众，殚精而竭虑，经年以劳心。于是遣构重光，禅林再兴。层阁重殿，灵塔鼓楼，依山随势，雄踞矗立，气势恢宏，画轴次第。龙湫甘洌，水怀德而为圣；佛门庄严，山蕴玉而生辉。

若夫庭草始绿，晨露初晞。幽谷啭啼鸟，空林传法音。松桧环抱，翠绿簇拥。栖林壑以养性，沐圣水以怡情。松风抚琴，吟漱石枕流之志；白云自在，乃明心见性之机。禅者见山，君子观水，眼前无俗物，心中自安宁。至若斜晖脉脉，梵音袅袅，登钟楼以远眺，目归鸟而遐思。风摇修竹，月浸疏林；暮敛山色晦，云开月自明。

廿年于兹，寺院渐次完备，遂为省内重点；窥菩提之堂奥，获出蓝之美誉。神游圣水，徜徉禅林，心智以开启，感悟亦良深。塔山候雅士，涪水迎嘉宾，且把绵州圣水，好品赵州清茗。

《圣水寺记》浅译

古老的绵州城西畔，在那塔子山的山脚，洋溢着一派明媚的春光，在灿烂的阳光映照下，一座禅寺分外庄严肃穆。这座寺院名叫"圣水寺"，它的殊胜因缘，算起来已经有一千多年历史了。据记载，唐朝的永徽年间，就在这座山的崖壁之下，忽然出现了一处龙潭，潭里的水味美可口，而且像糖似的甘甜,所以人们称之为"甘泉";因为有着便利当地人民的好处,因而又称"阜民泉"。古人说,最崇高的"善"就像水一样,它滋润万物而不在乎名义,不要求回报,于是因为这种济世的功德,后来又改称"圣水",并且作了寺院的名称。

时代正当盛世,政治清明,改革开放政策就像和煦的春风,吹拂着神州大地。值此契机,为承续佛禅的宗风,弘扬佛法,普施教化,使禅宗的流传不至于中断,由前后两任住持率领,经过一年又一年的操劳,现在,昔日破败凋敝的寺庙重新焕发了光彩,禅林终于有了兴旺发展的气象。寺院一层层楼阁,一重重宝殿,以及那些灵塔、钟楼鼓楼和其他佛教建筑,依着山势,处处雄踞矗立,显得气势恢宏,就像画轴一样,依次展现在你的面前。从前,因为龙潭水的甘冽,所以人们称这里叫"圣水";现在,庄严的佛寺建在这儿,好比山蕴藏着宝玉,所以愈加光彩耀耀。

如今,圣水寺庭前的青草已经碧绿。清晨,草地上的露珠刚刚坠地,山谷里便鸣啭着啼鸟的叫声,在幽深的树林里,仿佛传布着佛法的音声。寺院在松树、桂树之类的乔木的环抱之中,到处一片翠绿,寺院好像被这翠绿簇拥着似的。这地方真美呀!你可以在这些山林、沟壑中修身养性,也可以沐浴着圣水寺的禅思佛意,陶冶性情。一阵轻风吹过松林,好像在弹抚着琴弦,吟唱着"漱石枕流"的志趣,是呀,漱石可以砺齿,枕流可以洗去污耳的秽语。你看那自在的白云,它舒展自如,高僧大德说"见山是山",仁人君子说"观水知德",在这里正好可以领悟山水的理趣。现在你流连在禅寺之中,眼前的一切都充满高雅的情趣,至于夕阳西下之际,更是一番美不胜收的景色。只见斜晖脉脉,饱含不尽之意;空中梵音袅袅,宣说着佛法。这时候,不妨登上凌云的钟楼,极目远眺,归巢的鸟儿,一定会勾起你无穷的遐思。有一首禅诗就这样咏道:"深念门前树,能令鸟泊栖,来时不须唤,去时不羡归。若能解其意,大道不相违。"轻风徐来,摇动着修长的茂竹;夜色渐渐深了,月光浸照着疏朗的树林。暮色闭合的时候,山色一片晦暗,可是天空的云层散开之后,月亮依然一片明朗。

二十年到现在,圣水寺的各项建设已逐步完善齐备,而且成为省内的重点寺院。二十年来,禅寺深入探究佛法的精妙义理,虽然建寺时间不长,却广泛受到社会和佛教界的赞誉。笔者出于对圣水寺的仰慕,不由心驰神往，在禅宗的境界久久地徘徊徜徉，感到心智得以开启，而且感悟颇深。

如今，塔子山正恭候着八方高雅之士，涪江亦准备着迎接各界嘉宾。到古老的绵州来掬一瓯圣洁的泉水吧，好去细细领略赵州茶所蕴含的禅味！

后记：2008年，绵阳圣水寺建寺20周年前夕，寺监院常诚法师通过李筠居士，托余作了《圣水寺记》。余担心古文风格易生歧义，故附加了这篇《浅译》。译文曰浅，是因为行文匆匆，当时只是对照着《圣水寺记》逐句翻译打字，大体上能够增进理解便罢。另，当年正逢"5.12"大地震，该寺廿年庆典取消，这篇记大概也未曾使用。

小渔村赋

寻寻觅觅，悠悠思思；人生苦短，岁月易逝。案牍①劳兮催人老，庶务②烦兮永缠身。相逢鬓已白，离别恨萦心。聚友音乱耳，携侣车扬尘。小酌无情绪，郁郁少安宁。谁识桃花源？何处小渔村？

遂州东南，圣莲湖滨。丽园初妆成，廊檐焕然新。竹树掩映，旭日照临。古朴典雅小楼，现代温馨渔村。拾级玉墀③，移步芳茵④。楹栏皆雕饰，苍穹⑤垂华灯。开珍宴以飨客⑥，倩翠袖⑦以迎宾。调芹菹⑧之羹，和易牙⑨之味。汤清最宜鲟鲤，汁厚尤适鲢鳜⑩。寻香蝶常访，鱼酥狗瞌睡⑪。浪翻涪江雪，霞染船山云。品金齑⑫鲈脍⑬，遥思季鹰乡情；尝银糁鱼鲊⑭，感念谢玄情深。醴水鳖⑮，五侯鲭⑯；广寒糕，梅花饼；菊露饮，云霞羹。豪士快朵颐⑰，雅客动诗兴；纤手持罗素⑱，玉箸⑲纳朱唇。莫等闲，杯莫停；佳肴须尽欢，休负渔村行。

时维三月，薰风和煦。佳景留佳客，品茗最相宜；临水露台坐，一盏香四溢。触目湖光山色，雾敛云霁；凭栏鹭飞鱼游，岸

297

柳飘絮。消胸中之块垒，畅人生之际遇；三五友朋，其乐怡怡！嗟乎，夕阳西下，波光粼粼；渔夫携鹰至，小舟破水痕。佳肴美馔⑳，良辰美景；无斗室之桎梏，无庖炙㉑之劳辛。云山遥兮寄远志，碧水澄兮涤俗襟；春芳发而幽香，佳木秀而繁荫。岂非田原之野趣，渔隐之闲逸乎？诗曰：

渔村欢宴胜远游。柳色春风拂小楼。

最是圣莲烟波好，一瓯玉液醉瀛洲。

辛卯年仲春

［注］

①案牍：案，书案；牍，文书。泛指工作。

②庶务：指平常事务。

③玉墀：墀，台阶，这里指花岗石台阶。

④芳茵：本意是芳草如茵，指地毯。

⑤苍穹：本意为天空，指圆拱形房顶。

⑥飨客：招待客人。

⑦翠袖：典出辛弃疾词句"红巾翠袖"，指美丽女子。

⑧芹菹：菹，切细的菜。芹菹，指调味的作料。

⑨易牙：古代烹饪代表，与伊尹齐名，善调味。

⑩鲟鲤、鲢鳜：四种鱼名，食鱼不外"鲜、肥"二字，鲟鱼、鲤鱼以鲜为主，宜清汤薄汁，以突出其鲜味；鲢、鳜以肥为主，宜以浓油厚味，以突出其肥美。

⑪狗瞌睡：古代南方的著名菜肴。由于酥软，以至于狗没有骨头可啃，只好在桌下打瞌睡。

⑫金齑：金，金黄色。齑，姜蒜之类调味品。

⑬鲈脍：切得极薄的鲈鱼片。晋时张季鹰在洛阳为官，秋风起来，他想起家乡的美味鲈鱼，便辞官归家。

⑭银糁鱼鲊：糁，玉米或其他粮食磨成的细粒，类似做粉蒸肉的粗粉。鲊，鱼制品。鱼鲊的做法是以糁拌鱼块装瓮腌制而成。东晋名将谢玄，淝水

之战大破前秦符坚。谢玄与其妻感情甚笃,军旅中仍不忘做鲤鱼鲊,不时派人带回家中。

⑮醴水鳖:古时饮食名品。

⑯五侯鲭:鲭,鲭鱼。五侯,汉成帝五个舅舅同时封侯,但五人不和,京兆尹楼护为调和其矛盾,创制了这道佳肴。

⑰朵颐:脸颊牵动大吃的样子。

⑱罗素:白色轻柔的丝织品。

⑲玉箸:玉石般的筷子。

⑳美馔:馔,原指饭食,泛指美食名品。

㉑庖炙:庖,厨师;炙,烤,烤肉。

《小渔村赋》浅译

寻觅再寻觅,就这样不断地寻找,我的思绪悠悠不绝。是啊,谁都会苦于人生的短暂,叹惜时光的匆匆和一去不返。可是,就在这短暂的人生中,工作的疲劳困顿却在催人苍老,不尽的烦琐事务令人永远不能脱身。多年不见的好友偶然相逢,突然发现彼此已经头发斑白,青春不再;而再次离别的遗恨却萦绕在心,只怕是今生再也不能相见了罢?的确,生活中有太多的遗憾:你想要与朋友相聚,但到处是声色场所,喧嚣嘈杂,充塞了你的耳朵;你偕同女友,打算出门去度过难得的假日,可是道路中车辆堵塞,尘土飞扬,大煞风景。那么,去什么地方小酌,借酒浇愁吧!可一想到喧闹的世界,顿时就没有了兴致,唉,日子真是郁闷寡欢!常听人说"桃花源",那可是世外仙境呀!我们精神上寻觅的正在于此。可是有谁真的知道它在哪儿?其实,只要有那么一处地方,例如一个小小的渔村就够了!那里古朴而宁静,快乐而悠闲,但去哪儿找这样的小渔村呢?

在古老的遂州城的东南,就在浩瀚的圣莲湖畔,有那么一处刚刚装修好的漂亮场所,它的廊柱和房檐焕然一新,竹林和花树环绕掩映,沐浴在一派灿烂的朝霞中。这一座古朴而典雅的小楼,就是现代的温馨小渔村!去那儿瞧瞧吧。拾级而上,登上花岗石台阶,漫步走过芳草般的地毯。那里的窗户、栏杆都经过精细雕琢,从苍穹般的拱形房顶,垂下华丽的水晶灯饰。环境的确典雅而温馨。现在,渔村已经精心准备好了宴席,以满足客人的需求;那些仪态万方的礼仪小姐正在恭迎嘉宾。渔村大厨用名贵的作料调制出可口的羹汤,其味之美有如易牙的厨艺。易牙是齐桓公的臣子,他可是享誉华夏的名厨呀!当然啰,食鱼不外"鲜肥"两个字,所以嘛,厨师预备的清汤最适宜鲟鱼、鲤鱼之类,以突出其鲜香;至于浓厚的汤汁,则适宜鲢鱼、鳜鱼之类,以突出其肥美。大厨调出的汤汁香气四溢,所以蝴蝶也常来造访;烹制的鱼是那样酥软,以至于狗没有骨头啃,只好在桌下瞌睡呢!总之,雪白的清汤就像涪江的浪花翻腾,红汤呢,则好似艳丽的晚霞,染红了船山的云彩。你可以品尝"金斋鲈脍"这道著名的菜肴,里面可有一个故事哩!晋朝时,张季鹰在洛阳为官,西风起来时,他想起了家乡的美味鲈鱼,便辞官归乡。遥想古人的浓浓乡情,不禁使人心动。至于另一道著名菜肴"银丝鱼鲊",则别是一番情趣:晋代名将谢玄,在淝水之战一役,以八万军队打败了前秦符坚的百万大军。可是谢玄这个骁勇战将,却是儿女情长,风流率性。他在军旅之余,还去江边钓鱼,并且亲手制作"鱼鲊",以寄给远在千里的爱妻,这是多么感人的故事!好了,渔村的大厨,还备下了其他菜肴,什么"醴水鳖""五侯鲭"以及广寒糕、梅花饼、菊露饮、云霞羹之类,这都是些精美的菜品。豪爽之士可以大饱口福,文雅的先生不免要勾动他们的诗兴了。至于女士们,她们一手拿着轻柔的餐巾,一手用玉石般的筷子进食,笑容可掬,一副优雅的举止。那么,别浪费欢聚的时光吧,不要把酒杯停下来,在佳肴前享受愉悦,千万别辜负了结伴小渔村之行!

时令正当春天的三月,外面阳光和煦,南风暖暖地吹拂。美好的景色当然能留下情趣高雅的客人,在这样的时刻,品茶是再适合不过了。你在临水的露台上休憩,沏一盏炒青或碧潭飘雪,缕缕清香或花香顿时袅袅飘飞,令人心旷神怡。触目之处是一派湖光山色,美好河山。雾霭渐渐收敛,湖上的浓云开始散去。凭栏观景,鸥鹭在水面上飞翔,鱼在水中游动,悠然倏忽。岸边的柳絮飘飘拂拂,美不胜收!如此景色,足以消除你郁结在心中的不平之气,朋友们放开心量,畅谈人生感悟和体验。这时候,难道不是其乐怡怡吗?哎呀,时间过得真快!转眼已是夕阳西下,浩瀚的湖面,在霞光照耀下波光粼粼。渔夫们这时候也出现在湖面上,他们带着鱼鹰,划着小船,在水面划出一道道水痕。这是多么美好的时刻呀!佳肴,美馔;良辰,美景。你不必在自家的厨房,受狭窄空间的约束,从而免除了亲自下厨操作的劳累。雾霭中的山峦,仿佛寄托着你远大的志向,碧绿清澈的湖水,涤荡着世俗尘念。春天的花草散发出幽香,秀美的树木枝叶繁茂,一片绿荫。难道这不就是我们追求的田园野趣和渔夫般的闲逸自在吗? 有一首诗这样说:

小渔村的佳肴带来愉悦,的确胜过远游;

何况柳色依依,生机勃勃,春风沐浴小楼。

圣莲湖的万顷烟波真是绝佳的美景,

友朋湖边把盏,仿佛逍遥在蓬莱仙境瀛洲。

后记:好友何世平托我为朋友的《小渔村》作赋,为方便阅读,索性加以注解并添加这篇译文,兹一并收录留作纪念。

八德园赋

杜若孟春发,奇葩丽日开。华园初妆成,楼阁溢光彩。玉在褐兮园在闾①,云飞檐兮风拂槛。琉璃向朝日,文窗垂绣帘。芳草攀墙秀,青墀②上层楼。花团摇曳兮芳菲,瑞音隐约兮徘徊。朱楹仜候画屏展,春风风人③扑面来。

开佳宴以飨客,倩翠袖④以酬宾。冠盖云集,旷士⑤咸至。鸾刀⑥轻响,芳香远溢。三雅⑦具,玉箸横。餐前宜饮一杯酒,醉后且啜三瓯茗。拳拳赤子,举杯贺时祺⑧;纤纤素手,笑靥纳朱唇。飧脯佐清醉,脍炙⑨品芳辰。饱啖商山蕨⑩,聊慰紫芝心。厨庖野雉⑪,羡处宗之鸡谈;汤烹莼鲈⑫,动季鹰之乡情。此时不尽欢,直负平生行。君不见,鹿鸣宴⑬,合欢酒,八德园里尽珍馐!

园名八德,情系大千。大千先生之园林,曾遍植柿树,盖其柿树之利好有八,故得其名。嗟乎,行修八德兮,心拒八风⑭;身远八音⑮兮,食轻八珍⑯。五谷为养,五果为助,五畜为益,五菜

301

为充⑰；萃之以五色，撷之以五香，和之以五味，昳之以五形，养精固本，济世利人，岂非大千先生八德⑱之精义乎？

诗曰：靖恭尔位，好是正直⑲。神之听之，介尔景福。德无细，怨无小。食其食者终其事，受其禄者毕其功⑳。千金剑㉑，季布诺㉒，巧诈不如拙诚也。珠玉无足㉓，纵千里而远至；鸿鹄有志，借六翮㉔以高翔，盖君子讷于言而敏于行㉕也。八德风范，谨遵于斯，人若欲鉴之，莅临敞园从君始！

丁亥年暮春三月

[注]

①玉在褐兮园在闾：褐，粗布衣；闾，古时五户为比，五比为闾，即一闾二十五家。这里指八德园并非临街，而是开在深院内，犹如宝玉藏在粗布衣裳中。

②青墀：青石台阶。

③春风风人：语出西汉刘向编撰《新序》，此谓像春风那样暖人。

④翠袖：典出辛弃疾词"倩何人唤取，红巾翠袖，揾英雄泪？"

⑤旷士：旷达之士。

⑥鸾刀：带铃的刀，喻厨具精良。

⑦三雅：孟雅、仲雅、季雅，古时酒爵。

⑧时祺：美好的时代、日子。

⑨飧脯，脍炙：飧，熟食；脯，干肉；脍，很薄的肉片；炙，烤肉。

⑩商山蕨：古代陕西有名野菜，亦名商山芝、紫芝。汉高祖时在商山隐居的四老，称紫芝翁，常采芝而食，故而得名。

⑪野雉：野雉，即野鸡，借指生态鸡。典出南朝宋刘义庆《幽明录》，兖州刺史宋处宗，买得一长鸣鸡，能说人语，常与处宗夜谈，使其言功大进。

⑫莼鲈：晋时张季鹰在洛阳做官，秋风起时想起家乡的美味鲈鱼，便辞官归乡。典出辛弃疾词曰："休道鲈鱼堪脍。尽西风，季鹰归未？"

⑬鹿鸣宴：古代为中举仕人举行的酒宴，喻升官酒。

⑭八风：佛教指八种情绪。东坡诗曰："稽首天中天，毫光照大千。八风吹不动，端坐紫金莲。"

⑮八音：金、石、木等八种质地的乐器所发之音。

⑯八珍：古代名馔，说法较多。

⑰养、助、益、充：黄帝《内经》之说，加上"色香味形"合为八德。"德"为道德、恩惠、品格，"济世利人"亦为德之义。

⑱八德：大千先生之八德园，曾为柿林，谓柿有诸如"寿""无鸟巢""无虫""落叶肥大"等八德。而传统之四维八德的"四维"，谓"礼义廉耻"，其八德恐无定论，当系泛称，如孝悌仁慈等。

⑲靖恭尔位，好是正直：典出《诗经·小明》，意谓恪守本分，发扬正直的德行。

⑳食其食者终其事，受其禄者毕其功：接受了别人的饮食、俸禄，就要终于其事，尽其所能。暗指诚信经营。

㉑千金剑：春秋时季札心许徐君一剑，徐君死，季札挂剑于其坟。

㉒季布诺：典出《史记》"得黄金百，不如得季布一诺。"

㉓珠玉无足：喻好名声自会形成。

㉔六翮：六翮为鸿鹄的六支翅羽，喻八德园追求的高远。

㉕讷于言而敏于行：不重言辞，重在实际行动。

2007 年 4 月 20 日

天赐食府序

遂州山川灵秀，俊彦辈出。清流沃野，稼禾丰稔。美食之风历久弥盛，而文人雅士多善庖者。今欲探饮食之三昧，追前人之宗风，融九州之精华者，天赐食府也。

拾级光耀之玉阶，踯躅画栋之厅堂。曲廊幽竹，石山流水。阳光灿而多彩，镜壁映而生辉。悠然而座，恬澹自居。主客秩秩①，奉酬逸逸。酌黍稷之醇醪，赏禅房之香茗。食隽燕之翠②，咀云梦之芹③。细品东坡肘，聊尝陆游荠④。银盘初尝雕胡饭⑤，玉盏躬奉鲈莼羹⑥。珍馐尽欢宴，佳酿不须归。

嗟乎，天赐者，食府之名也。食之味，府之藏，谓天之赐也。捧五珍以飨客，调五色以怡目，和五味以爽口，烹五谷以安胃。不贪品贵而廉，不聚物众而精，不附流风而雅，不失天然而珍。结世间之缘，酬造物之赐，食府之宗旨也。

若夫临轩浅酌，露台小憩。拂晚来之清风，观远去之浮云。花自开兮叶自落，水自流兮月自升。丘壑无限好，林泉长候君。饮醍醐之甘露，餐秋菊之落英。仰星月以顾影，悟天赐以印心⑦。天籁凭空传，幽思云外飞。

甲申年孟秋

[注]

①主客秩秩，奉酬逸逸：典出《诗经·宾之初筵》"宾之初筵，左右秩秩。钟鼓既设，奉酬逸逸"。

②隽燕之翠：古代美食。翠，尾部的肉。

③云梦之芹：云梦，云梦泽，湖北的古代湖泊。云梦之芹即云梦泽的芹菜，据说是蔬菜中的珍品。

④陆游荠：荠，野菜。陆游喜素食，偏爱野菜。

⑤雕胡饭：雕胡，即蒿笋。其籽实做的饭甘糯可口。

⑥鲈莼羹：指鲈脍、莼羹，江南美食。西晋文学家张翰身处乱世，为避祸，时见秋风起，想起了家乡美食，便乘机称思念家乡，从而辞官归里。

⑦印心：无须言语，印证于心，从而领悟奥义。

皂鼎①记

皂鼎者，人之差役，皂色之石锅也。其色墨绿，其质绵软；藏深山之幽谷，出雪域之圣地。拄杖以寻②，劈崖而凿，旋而细雕，琢以为器。熄而久温，炙而不裂。聚林泉之秀色，钟天地之灵气。斫兰桂之薪，汲碧潭之水，烹笋蒲之羹，和易牙之味。脱尘世之卑俗，享天然之雅趣，承先贤之遗风，获佛界之殊胜。

嗟乎，皂鼎之献于君，孰不知何其难也！若非万里迢递，何伸雪域风情？蜀道艰难，难于上青天；藏途阻隔，更隔千重山。溯雅怒藏布江之源，越冰雪嘎龙山之巅。君不见，开山何其苦，雕琢万般艰；寒月照藏水，牦牛涉雪原。一鼎价几何？五牛不可谈③。

开欢宴以抒怀，调汤鼎以阅香，啜琼浆以怡胃，佐佳肴以尽觞。温炽平和，不过不及；不分彼此，随缘随意。拨雪寻珍④，怡然自适；薄油厚汁，恬淡清心。以雪域之雅器，快诸君之朵颐，陶菩提之心性，享世间之亲情。翠秀如云，若潭弟温馨⑤，尽消思蜀之虑；繁花似锦，如春风扑面，一洗劳顿之尘。淑女雅士，何乐而不为之耶？

诗云：

友朋相约品忘忧⑥，入鼎和风汤汁稠。

休去瑶台玉宇处，驻香楼里香满楼。

甲申年仲春

305

[注]

①皂鼎：一种黑色的石锅，原来是何称谓，我已全然不记得，兀自称之为皂鼎。

②拄杖以寻：这是我设想匠人寻找那种墨玉石料时的情形。

③五牛不可谈：此锅据说产自西藏墨脱，说价值五牛，极言其贵。

④拨雪寻珍：在雪白的汤沫中寻觅心仪的珍肴。

⑤潭弟温馨：宾至如归义。

⑥忘忧：金针菇是汤锅常见食材，亦名忘忧草。

格林奥①序

美国格林奥，万里蓉城来。格林奥者，冰淇淋名也。冠名加州②首创，或谓世界品牌。然而冰淇淋，却非舶来品。《诗经》曰："凿冰冲冲③，纳于凌阴。"翌年炎夏，贮之以柜，凉食冰酒，尽消溽暑。传闻马可·波罗君，始携其法归，流传发扬西国也。

归去来兮，格林奥！揽加州之胜景，移美国之纯鲜；假春熙之宝地④，飨蓉城之俊贤。材料源于造物主，设备皆出美利坚。君不见，玉砌华堂宜佳友，典雅温馨如梦乡。临店堂兮香弥漫，睹绚丽兮神飞扬。品绝伦之美味，享异域之时尚；动怀古之幽思，发浪漫之遐想。玉洁冰清，养佳人之俏丽；瑞雪甘露，引豪士之柔肠。美哉格林奥，与君共品尝。

软挑玉勺，试霜华之甘冽；轻弄杯盏，闻膏饴之芬芳。细咽寒泉，觉舌齿之滑润；慢吞清流，感浓郁之纯香。朱唇启兮樱桃破，娥眉展兮笑靥开；心灵旷兮岫云远，神气怡兮清风来。红豆相思苦，茉莉沁心脾。似水柔情惟莲子，如烟翠色觅草莓。香草芳姿，摇曳尽春韵；菊花⑤高洁，凌霜傲秋苔。飞燕成双影，伯劳独徘徊。最是佳节须佳侣，细品漫啜释情怀。《点绛唇》词云：

冰雪芳姿，

娇容如月鬓云袅。

脂凝香绕。

幽梦伴天晓。

思念难消，

渔雁音尘杳。

人却告、

梦中风貌。

相约格林奥。

2004 年 9 月 19 日

［注］

①格林奥：指格林奥冰淇淋店，估计为一处小门面饮品店，位于成都春熙路。

②加州：美国加利福尼亚州。

③凿冰冲冲，纳于凌阴：《诗经·七月》"二之日凿冰冲冲，三之日纳于凌阴。"二之日，相当于说二月里的日子。凌阴，冰窖。

④假春熙之宝地：春熙，成都春熙路，成都最负盛名的繁华街区。

⑤红豆、茉莉、莲子、草莓、香草、菊花：皆为冰淇淋饮品称谓。

蕴玉堂①记

　　叶嘉先生②四海为家，不期邂逅蕴玉堂，欣然居留于斯。吾与先生神交久矣！晨昏之际，每每与先生交流冥合，无不神清气爽，文思倍增，乃问道于先生曰："何为禅茶一味？"先生曰："时人多以清心涤尘，提神益智以助禅定论之，殊不知其言差矣。事事相即③，万法平等，岂能分别拣择④？且余自深山野岭，入壶中天地，友于雅俗，周遍宇内，何尝只为禅耶？"言罢喟然长叹，其声若空谷回响。吾蓦然惊醒，感慨良久，遂以为记。其文曰：

　　幽谷生嘉叶，深山出香芽。挹山川之灵气，沐雨露之精华；凝岁月之霜雪，染朝夕之烟霞。清明为宜，惊蛰为佳⑤；凌露采摘⑥，和云归家。纤手烘揉⑦，制之新茶。于是置风炉，启石釜⑧；汲中泠之水⑨，斫山崖之木⑩。龙团⑪须细烹，绿芽看蟹目⑫。轻烟若流霞，温润似玉乳⑬。座中雅士⑭，左右修竹；啜英咀华，奉盏沏壶。探玄虚而参造化，澄心宇而绝尘俗。高情远致，时时有松风明月；淡泊宁静，处处皆竹篱茅屋。嗟夫，茶之于世，乃地孕之精灵，天赐之神物，其功德惠及宇内，遍于雅俗。雅则琴棋茶诗书；俗则油盐茶酱醋。以出尘之高洁，化淑世之情愫，其高远情怀，岂非叶嘉先生所言者乎？

　　至于禅茶一味，亦如先生所言。一性圆通一切性，一法遍含一切法。事事圆融，禅茶不二。禅为悟之门，茶乃道之象。见月须忘指，得理且忘象。青青翠竹，尽是真如；郁郁黄花，无非般若。君不见，广德⑮古柏翠，灵泉⑯草木新；大道在眼前，触目处处真。且去松竹泉石，领略月白风清。注甘泉以灵性；除尘垢于心灵；赏春兰之芳华，醉秋菊之清芬。片片闲云，长养道心。或于寻常生活，归家稳坐。即心即佛，圣凡一如。吃茶吃饭俱为道，搬茶运水皆可悟。遇茶吃茶，遇饭吃饭。心与道合，境与理契；吃茶吃饭，自有禅趣。不妄驰求，泯除心机；随缘任运，自在如意。劳作之余，君若闲来无事，或听赵州语⑰：

　　蕴玉堂，吃茶去！

2014 年 7 月 10 日白水河

[注]

①蕴玉堂：遂州茶楼，全称为蕴玉堂茶道馆，在遂宁市城区介福西路。

②叶嘉先生：叶嘉，即嘉叶，茶叶。苏东坡《叶嘉传》把茶叶拟人化，谓"叶嘉，福建人"，然后述其生平逸事。

③事事相即，万法平等：事，因缘所生之法曰"事"；相即，融合不二；万法，指一切事物。

④拣择：语出禅宗三祖僧灿《信心铭》"至道无难，唯嫌拣择"。拣择，指执着于分别计较、憎恨贪爱、功利取舍，从而迷失了自我。

⑤惊蛰为佳：采茶的季节在清明前后，而以惊蛰时节采摘的茶叶最佳。余曾有幸在茶山制作过炒青，因而以为，绿茶中的莲蕊、旗枪、雀舌，皆应摘自惊蛰，而其余品级，则是大宗采摘的三春茶了。

⑥凌露采摘，和云归家：趁着露水未干便开始采摘，归来的时候，茶山依然笼罩在云雾里，采茶人仿佛从云中归来。

⑦纤手烘揉：过去制作炒青，铁锅炒后手工搓揉，使茶叶根条紧束。

⑧风炉、石釜：古代烹茶器具。

⑨中泠之水：中泠，泉名，在江苏镇江金山下的长江礁石中，所谓"扬子江中水"，即指中泠之水。

⑩山崖之木：古人饮茶，讲究"茶、水、火"三性。纯正的火源于纯正的燃料，最好是木炭，而最忌含油脂的木柴，亦忌枯枝败叶煎汤，前者称"大魔汤"，后者称"宵小汤"。山崖之木即无脂劲木，也即硬杂木。

⑪龙团：宋代名贵茶品。其制作工艺与现代迥异。

⑫蟹目：指煎茶时的水温情状。古人谓沏茶之水有"三沸"之分，分别

用于不同的茶品。一沸水是鱼目遍布，微微有声，鱼目也即蟹目；二沸水是四边泉涌，连珠累累；三沸水是翻江腾浪，水汽全消。若用壶煮水，则以砌下蚓鸣、幽巷柴车、溪涧松风等声音识别。

⑬玉乳：宋代饮茶，其茶色若乳，沫厚汤浓，茶沫久聚不散，故有"乳聚面"之说。

⑭座中佳士，左右修竹：引自唐司空图《诗品·典雅》。

⑮广德：广德寺，在遂宁市城西，千年古刹。

⑯灵泉：赤泉寺。在遂宁市城东，始建于隋代开皇年间。

⑰赵州语：赵州，唐代高僧从谂禅师的代称。

河东新城赋

遂州古邑，河东佳地。庇广德之慈云，挹灵泉之仙气；幸召公之棠树，沐随车之甘雨。惠风和煦，因缘殊胜。于是辟文化之园，弘心灵之美。莳花以隐榭，傍水而安亭；清流映带，十里纡萦。嘉木藏仙馆，丽景接新城；湖山入画图，梵音响丛林。观赏之流，遐迩辐辏；俊秀乐其旅，雅士泊其心。幽梦忽兮仁湖畔，异彩纷兮若天庭。

登层楼以极目，览胜景而临轩。仰七宝之佛阁，缅九宗之书院。青山迤逦，碧波浩杳；晨雾锁芳洲，平湖卧长桥。船泊岸，水风轻，鸥鹭翔水面，霞光映湖心。沧浪之水，抒旷达超脱之雅；桂棹之舟，含渔隐野逸之趣。云日相辉映，水天共鲜澄。空旷悠远兮摇心旆，清幽宁静兮涤尘襟。

漫步五彩路，恍然与世疏。溯清流，寻幽趣；菩提动禅思，梧柳勾留意。追慧远之宗风，觅曹溪之余绪。日高风暖，天气氤氲。奇石缀平芜，翠色映空庭；碧莲生池塘，啼鸟喧深林。曲廊庭院掩花树，藤蔓欹枝垂绿荫。盘桓苔径竹篱，隐约牛背笛声；

槛外赏山色，竹下品香茗。释尘俗之牵挂，畅超然之高情。忘纷扰之欲念，泊恬淡之心灵。

俟忽暮色至，禅寺鸣晚钟；落日西坠，阁影横空。皓月移中天，法身弥苍穹；清风泛涟漪，月华照芙蓉。冥冥若有悟，天机不可说。是以结尘世之缘，向净土之岸；奉真善慧美，戒贪嗔痴慢。嗟乎，慈悲即观音，清净乃禅佛。境由心造，禅由境生；山水禅佛，浑然一体。行住坐卧岂非道？明心见性即为佛。湖山澄明亦净土，彼岸当下两不误。境无尘，心自净，此地湖山灵，现代城亦美，河东新城好留君。君不见，春草年年绿，碧水日日流；云卷云舒，世事悠悠。漱石枕流，聊慰荷塘之志；拾薪烹水，最宜松竹之幽。触目皆成趣，宽心随时足；放任林泉，尽享陵丘。天趣妙禅思，自乐何所求？

庚寅年孟秋

《河东新城赋》浅译

在历史悠久的川中古邑遂州，有一块被称为河东的绝佳胜地。这里一直受到千年古刹广德禅寺的庇护，而且还从毗邻的灵泉寺那儿，不断地把取神灵般的仙气。西周时，燕召公在甘棠树下现场处理政务，天下大治；这是对德政的襃扬。东汉时，刺史百里嵩巡视地方旱情，甘雨随车而至；这是对惠政的赞颂。现在，党的政策有如温暖的春风，给河东这块宝地带来了发展的契机，这是特别殊胜的因缘呀！于是，为了满足人民提高生活质量的愿望，和精神上对美的追求，他们移植花木，掩映着优雅的廊榭；在紧靠流水的地方建起亭阁。长长的河水，蜿蜒曲折地流经这块土地，清流倒映出两岸的优美景色。茂盛的林木中，隐约露出仙馆般的房舍，清丽优美的景观与河东新城连成一体，烟波浩渺的湖光山色，真好似画图一般呀！而在丛林之中，又隐隐传来禅寺的梵呗佛音，使人如临仙境，不免心摇神驰。河东是如此的美妙，自然吸引了如潮的游客，他们从远远近近的地方来到这里，就像

311

车轮的辐条向着车毂。游人中不乏俊逸倜傥之士，河东之旅使他们不胜愉悦；他们中那些具有高雅情怀的人，因为这样的环境能够消解他们对尘世的牵挂，实现精神的回归而特别欣慰。河东如此美好，令作者常常沉浸在幽远的梦中，置身于观音湖畔，目睹那里异彩纷呈，落英纷飞，仿佛置身于天堂一般。

为了观赏河东新城的湖光山色，最好登上层楼，以极目远眺，靠着宽敞的窗户，把远近的美景尽收眼底。遥望灵泉寺的七宝佛阁，心里充满了景仰；近睹著名的九宗书院——现在它已经无迹可寻——使人不由缅怀遐思。远远望去，青翠的山峦迤逦绵延，碧波荡漾，浩杳无垠。淡淡的晨雾笼罩着湖中芳草萋萋的绿洲，在平静的水面上，一座长桥横跨湖水，十分壮观。这当儿，游船还停泊在岸边，微风轻轻地掠过水面。鸥鸟自由自在地在水面上飞翔，刚刚升起的朝霞把它们的身影投射在湖面上。这一幅图景令人难忘，而且使人想到鸥鸟忘机的故事：有一个人在海岛上，鸥鸟纷纷围着他，停在他肩头，与他亲密无间。后来这人起了坏心，想抓一些鸥鸟做菜下酒。可是，鸥鸟们全都看透了他的心机，再也不肯落在他的肩头上了。人心如此，令人感慨唏嘘。那么，眼前这青绿幽深的湖水，就足以涤荡人的心灵，抒发那旷达超脱的胸怀；乘上彩画的游船，犹如隐身于江湖，想着渔舟生涯，那是何等悠闲自在。这时候，太阳升起来了，云霞与日光交相辉映，清清的湖水与空旷的蓝天一样，显得又新鲜又澄澈。江天如此的空旷悠远，的确使人神思荡漾；如此清幽宁静，足可把尘世的襟怀洗涤得超凡脱俗呀！

倘若你漫步在五彩缤纷路上，又将恍若置身于另一个世界。沿着河水溯流而上，一路寻幽觅胜，美不胜收。沿途的菩提树不禁使你思绪摇荡，梧桐树和柳树在微风中摇曳，令人流连忘返。是呀，梧、柳的意思，不就是"吾留"吗？在这里，不妨追念莲宗祖师慧远传承的宗风，寻觅禅宗六祖慧能留下的踪迹。太阳渐渐升高，风暖暖地吹拂，林间路上弥漫着淡淡的烟霭。平坦碧绿的草地上，点缀着奇珍异石，青翠的山色染绿了空旷的庭院。池塘之中，摇曳着碧色的荷叶；从幽深的树林里，传来啼鸟的喧闹，透出一派生机。曲曲的长廊通到庭院，掩映在花树之中。路旁的树丛，枝叶繁茂交错，生出一片充满凉意的绿阴。你盘桓在青苔的小路上，逗留在那些竹篱茅舍之间。仿佛中，你听到牧童在牛背上横吹竹笛，不由心摇神驰，想象着那遥远古朴的时代。待你定下神来，不妨倚着亭阁的栏杆，欣赏变幻的山色，或是在竹林下品尝新摘的香茶。你自然会忘却世间的纷扰和各种欲念，你的心灵会逐渐安定下来，从而感受到一片恬淡，并且生出一种高雅超然的情怀。

倏忽之间，暮色已经悄然降临，时间过得真快呀！禅寺隐约传来晚课的钟声。夕阳已经坠落在西山之下，观音阁的身影在夜色中仍然分外醒目。皓月从东山升起，逐渐地移向中天。月华弥漫天空，宛若佛的法身充斥宇宙。一阵清风吹来，在水面上泛起涟漪。明静的月光照亮池塘的荷盖，目睹这一切，冥冥中你似有所悟，可是，你到底领悟了什么？

所以嘛，我们眼前如此澄澈明丽的山水，就是净土呀，倘若你仍然不忘彼岸，那就把当下的体验和彼岸的追求，都一并作为目标，两不相误吧！要说呀，这里真是尘世间的净土。虽说境由心造，但境能怡养你的心灵，以臻天人合一。在这绝佳胜地，环境清静无尘，你的心自然也就清静下来，湖山仿佛具有灵性似的，可以与你的情感相交流，与你的心灵相契合。何况在河东这座新建的城市，现代化的建筑，如雨后春笋般地拔地而起，正好挽留各位贵客呢！难道你没有留意：田野里的青草，虽然一岁一荣枯，但伴随着春风，却年复一年地焕发出生机；碧绿的江水，日复一日地汩汩流淌，永不停歇。蓝天上的白云，或卷曲，或舒展，变化莫测；悠悠的尘俗世事，也如白云一样，没有定数。这就是自然之"道"。

那么，就让我们随顺自然吧！去那溪流间，漱石以砺齿，磨炼自己的意志；枕流以洗耳，断绝尘俗的诱惑，借以宽慰出污泥而不染的高洁志向。或者呼朋携友，去那山林之中，最好在幽静的松竹间，拾来一束束柴薪，就地生火烹水品茗，坐而论道。人只要有恬淡的心境，对世界抱有深挚的爱心，那么触目之处，自然比比皆是乐趣；没有不切实际的欲念，以宽厚之心待人，那么随时都会得到满足。到大自然的丛林泉水间去率性流连、尽情享受山陵丘壑的美景吧！自然之趣就是天趣，充满了禅的神思妙想。禅宗有一首著名的偈语说："春有百花秋有月，夏有凉风冬有雪。若无闲事挂心头，便是人间好时节！"这样的快乐才是永恒的，它不是别人的恩赐，不受物欲世事的影响，来自你的心灵和精神境界。除此之外，还有什么永恒的快乐值得我们去追求呢？

二〇一一年二月二十七日

后记：

这是当年为申说赋作所写的文字，是一边对着《河东新城赋》，一边在电脑上逐句翻译的，并未推敲斟酌，文中自然不乏谬误。在余的印象中，《河东新城赋》撰稿时，其建筑寥寥，基础设施刚刚起步，因而最初定名为《河东新区赋》。但话说回来，河东新城的特色恐怕不在"城"，而在于"景"，正如《岳阳楼记》并非记"楼"。有人称遂宁为"心灵度假之地"，所指显然并非旧市区，也并非河东如今的高楼大厦，而是河东新区优美宜人的环境。此外，遂宁民间观音文化氛围历史上一直十分浓厚，据郑祯诚先生研究，中国观音的原型妙善，就是遂宁的"兴宁古国"妙庄王的三公主，因而遂宁便有了观音故里之说。本文颇多佛禅意味，盖源于此。

龙凤古镇①赋

遂州之隅，妙善之乡②；兴宁故国遗都，古镇龙凤呈祥。平波万鳞动，曾经苍龙降瑞雨③；沃野百鸟喧，隐约金凤鸣朝阳④。韶华开新序，古镇焕容光；游人纷沓至，淑气绕农庄。少女西向望白雀，皓首对客说沧桑。追千古兮发幽思，观丽景兮意徜徉。

临故里，探幽胜。触目笙歌地，梦回古兴宁。地若凤栖，势比龙腾；山蕴玉而秀，水藏剑⑤而灵。时为妙庄王，凤德⑥泽先民。黍稷盈田畴，国土弥慈云。僻乡育妙善，故国传梵音。灵泉山麓翠，茅舍花木深。慧眼能识苦厄，随类善听音声。宝珠净瓶化疫疠，春风杨柳洒甘霖。

登门楼兮思悠悠，睹古镇兮古意稠。旭日浸春水，流霞伴鹭鸥。酒旗迎宾客，画船渡芳州。楼阁含烟岁月远，琉瓦蒙尘日色收。水榭听龙吟，湖亭醉诗酒。庭前赏雀舌⑦，凌波化千愁。嗟乎，先民古寨知多少？杳杳岁月难淹留。觅龙无期，此地权留飞龙渡；归凤有望，斯民已建栖凤楼⑧。徘徊古镇，领略清幽；抚今追昔，君复何求？

　　思往古以叹逝，惜当下之寸阴。淡泊人生，陶冶性情，景仰妙善，礼拜观音。寄雅怀于山水，泊心灵于古镇，流连千古之地，沉吟美善之区。游乐之得，莫过于此焉！

壬辰年孟春

　　[注]

　　①龙凤古镇：位于遂宁市城南五公里处，距今已有2000多年历史。

　　②妙善之乡：观音菩萨的化身妙善公主，即妙庄王的女儿。

　　③苍龙降瑞雨：传说龙凤一带，历史上曾遭逢百年不遇的大旱，后来苍龙显身，降下瑞雨。

　　④凤鸣朝阳：凤凰为百鸟之王，雄为凤，雌为凰。"凤鸣朝阳"典出《诗经》和《世说新语》，喻"贤才遇时"或"稀世之瑞"。传说此地当年曾有凤凰降临。

　　⑤藏剑：传说丰城有双剑，一为龙泉，一为太阿，是剑中之宝，深埋地下时，其精化为紫气，直达牛斗间。后来，晋尚书张华命丰城令雷焕掘出，各持一剑。张华死后剑不知去向。雷焕的儿子有一次持剑过延平津，剑忽然自行飞出，落入水中，与水中另一剑会合，随后化为双龙破浪腾空。

　　⑥凤德：典出《论语》《世说新语》，喻盛德。

　　⑦雀舌：茶有三品，一是莲蕊，二是旗枪，三是雀舌。

　　⑧飞龙渡、栖凤楼：均为古镇历史遗迹。

遂宁中心商业区①赋

切盼甚久矣，斗城焕新姿！父老安居之邦，斯民生息之地。茸东西之闾巷，绿南北之通衢②；兴观音之故里，铸商业之名区。始具都市之风貌，愈见湖山之俊昳。人言此地变，客讶今年新。仓庚于飞，熠耀其羽③；美誉远播，名声鹊起。气质薄王府，神韵凌春熙④。山川有幸，欣逢其时矣！

夫以忧乐天下之德，经世干将之器⑤，启丰城之剑⑥，汲丹砂之井⑦。惠泽于民，不为诟病而辍⑧；慎言敏行，悉由效果立信。城乡建设，鲜能无为而治；生态人文，斯乃百世之营⑨。于是含哺于帐幄，匡察于曝日⑩；殚精竭虑，夜寐夙兴。酝今日之繁华，留后世之余庆；重富民之计，厚爱民之心。击壤之讴⑪，响遏行云。

余观名区，华楼对峙，店铺栉比；处处古木苍郁，步步广庭荫庇⑫。浩然之气，盖地而来，浑然一体，委自天机。宅居临市，却得闲适之乐；商埠云集，不乏购物之利。繁枝欹斜，任群鸟欢噪；长椅遍布，候游客絮语。春兰秋菊，四时芬芳怡人；薜荔⑬嘉树，木篚花池⑭扑地。少妇驻足兮莞尔；商贾游目兮惬意。稚子行歌，尽展人伦之欢；耆老闲踱，聊慰桑榆之颐。

至若暮色霭霭，华灯熠熠；欢声如贺岁，行人若锦织。七色霓虹，凤女弄霞映碧海⑮；九曲跌水，玉龙溅珠落秋池⑯。柱擎花蕾，向往灿烂之前景；溪流潺湲，澄滤淡泊之远志。亭为玻璃钢架，彰显时代之气息；阁为八方德水，流连传统之雅趣。深涧淙淙，遥起环珮之想；翠帘弥弥，勾动林泉之思。天圆地方⑰，肇自太极，蕴之三才，自然之道矣。世出世间，法谓圆融无碍⑱；行住坐卧，岂非般若菩提⑲？仰观树盖兮，沐纷然之流星；光华绚丽兮，若缥缈之仙境。如观音之甘露，恍古寺之幽林！

　　嗟乎，商业之中心，实乃人气之中心，商气之中心也，亦为城市之品牌，发展之契机！聚而凝之，广引他乡之客商，平添吾侪之豪气；喷而薄之，联九州之途，通四海之旅，犹旭日出东海，似鲲鹏奋双翼！遂州非复往昔矣，试问远行人，布帆无恙[20]否？

二〇〇七年七月

[注]

①中心商业区：市城区新开辟的一处区域，位于遂州干道中段，也称作"中央商务区"。

②葺东西之间巷，绿南北之通衢：葺，维护修缮。间，街巷，古时二十五家为一间。遂宁地形东西狭而多间巷，南北长则有干道通衢。

③仓庚于飞，熠耀其羽：仓庚，同鸧鹒，黄鹂；熠耀，羽毛鲜明。语出《诗经·东山》。

④气质薄王府，神韵凌春熙：王府，北京王府井。春熙，成都春熙路。

⑤干将之器：干将、镆铘，吴越名剑，喻治世人才。

⑥丰城之剑：丰城有双剑，紫气上彻云天，喻物产丰富。

⑦丹砂之井：某家族人多长寿，古人认为，这是因为井中有丹砂。喻人杰地灵。

⑧惠泽于民，不为诟病而辍；慎言敏行，悉由效果立信：由于兴建中心商业区是惠民的举措，故而不因为有反对意见而放弃；谨慎地对待，雷厉风行地付诸行动，以最终的实际效果来取信于人。

⑨百世之营：亦即顾及子孙后代的谋划、追求。

⑩含哺于帐幄，匡察于曝日：含哺，即"周公吐哺"典。匡察，纠正和检查。曝日，烈日照晒的日子。

⑪击壤之讴：帝尧时，有老人耕作之余，击壤而歌。后世以"击壤讴"等语表达盛世的欢乐，以及对德政的颂扬。

⑫广庭荫庇：商务区古木苍郁，荫庇广庭。

⑬薜荔：蔓生香草，援树而生。

⑭木箧花池：像木箱那样的花池。扑地，遍地，言多。

⑮凤女弄霞映碧海：仙女用霞光编织出彩虹，辉映夜空。

⑯玉龙溅珠落秋池：玉龙，即瀑布。指九曲跌水景观。

⑰天圆地方：指商务区的"圆融水雾"景观。

⑱世出世间，法谓圆融无碍：世出世间，即出世和入世。出世、入世圆融无碍，有如儒家的"达则兼济天下，穷则独善其身"。

⑲行住坐卧，岂非般若菩提：行住坐卧都能获得通达真理的智慧。

⑳布帆无恙：典出《世说新语》。晋朝时，名士顾恺之向他的上司借布帆乘船回家，途中遇险，所幸平安。他写信给上司说"布帆无恙"。

泰佳尔阳光城序

畴昔居贫窟，望眼尽蜗居。苔侵石阶，尘黯巷间。朔风吹洞窗，夜雨湿破壁；入门檐碍帽，出户笑屦稀。虽有容身之地，却无展眉之墟。云低垂兮阴霾，心徘徊兮沉郁。

若夫春风涤荡，东君莅临。近南逢春早，背西见日升；安知城南隅，灿然阳光城。草木丰茂，鸟回讶其变；文窗绣户，人归疑其新。华楼辉映，舒开阔之胸臆；绿苑栖迟，慰操劳之平生。开帏对清嘉，漫步醉芳辰；顾盼神州韵，流连欧陆情。读书近可至，健身情可期。邻人相与呼，欣聚在中庭。修眉停趾兮莞尔，稚童雀跃兮欢欣。珠玉无胫，好者卒然至；业主有识，甲弟贾自成。君不见，五衢通达，候馆会社，最适闲居之乐；三春烟景，池台水陌，犹离喧嚣之尘。

嗟乎，窃以为：阳光之谓，三春之晖也。若非惠风和煦，何来工部广居？取予重于义，立名贵在行，惟寸草之义也。至若人文关怀，理性光辉，如春之朝阳，弥漫天地。百草当春发，万物因时生；蚕蛹破初壳，鸣蝉唱新声。细流九曲，穷生命之张力；长河百折，述亘古之替兴。沐浴阳光，面向未来；怀瑜握瑾，慎终如始。启和谐之本性，迎灿烂之光明！

乙酉年仲夏初

318

银河嘉园①赋

云雁山麓，渠水之西。紫气东来，剑气凌云。依山傍水，琅嬛福地②。银河在天，明星熠熠；嘉园于斯，流光摇曳。楼宇错落，绿树掩映，芳径交织，花草纷陈。嘉者，美好也。美哉，银河嘉园！

时惟盛世，日新月异，以人为本，乐业安居。且值西部开发之契机，城市化之潮流，嘉园建设，正逢其时。其地毗邻城区，有交通便捷之利；渠河屏隔，得远离市井喧嚣之益。风光绮丽，悦目赏心；烦虑顿消，宁静适意。可庆回归自然之乐，能赏世外桃源之趣。公司决策果毅，市区领导支持，业内襄助多精英。三才③具，嘉园兴。

喷泉耀七彩，薰风沁心脾。林间鸣黄鹂，池边传童声。书斋伴三余④，厅堂赏五音。开发公司不为利先，弃燕雀之小志，羡鸿鹄之高翔，树山水城市之理念，定生态住宅之目标，以期情景交融，天人合一，率先垂范，首创经典。其建筑空间开阔，先着祖逖之鞭⑤；造型别致典雅，颇有欧陆之风。以公司之众，历两年之期，成设计之图，遂季布之诺⑥。

嘉园既成，季鹰当归⑦矣！开松菊之径，迎末至之宾⑧；园中不乏陈蕃室⑨，座上尽是青眼客⑩。呼朋携侣，晨去西山远足，领略林泉丘壑，吟哦朝露霞云；晚来渠畔流连，俯仰星空流水，体味宇宙人生。至若天气氤氲，阳光照临。是处绿荫幢幢，芳草萋萋；藤萝缠绕，花团锦簇。渠水泳池清波泛，华楼玉宇气象新。

嘉园逢嘉庆⑪。迎嘉宾而鼓瑟，庆嘉祥⑫而宴饮；临嘉澍⑬而观景，欣嘉荣而品茗。住嘉园而宁心兮，遇嘉时而赋诗。诗云：

319

嘉园好，
庭院最温馨。
丽日华楼香满径，
泳池波绿柳青青。
风景入画屏。

壬午年嘉平⑭

[注]

①银河嘉园：遂宁市最早开发的居民小区之一，位于城西云雁山麓，渠河西畔，原为小农场，曾以沙田柚闻名。

②琅嬛福地：传说中的神仙洞府。

③三才：天时、地利、人和。

④三余：古人珍惜读书时间，谓冬者，岁之余；夜者，日之余；阴雨者，时之余也。

⑤祖逖之鞭：晋时刘琨与祖逖是好友，彼此意气相投。但刘琨担心祖逖先于他建功立业，曰："常恐祖生先吾著鞭。"

⑥季布之诺：一诺千金。楚谚曰："得黄金百，不如得季布一诺。"季布曾是项羽部下，后来做了刘邦的河东太守。

⑦季鹰当归：季鹰，即张翰，晋时齐王东曹掾。他在洛阳时见秋风起，因思念家乡莼菜羹、鲈鱼脍，遂驾车回家。

⑧末至之宾：亦即"末至客"，指司马相如。

⑨陈蕃室：陈蕃，东汉名臣，少有大志，年十五，闲处一室，而庭宇芜秽。其父责其不扫，曰："大丈夫处世，当扫除天下，安事一室乎！"

⑩青眼客：晋名士阮籍能为青白眼，见世俗之士，以白眼对之。见尊重有为之士，则以青眼对之，即所谓垂青。

⑪嘉庆：喜庆、吉祥之事。

⑫嘉祥：祥瑞，即吉祥之征兆。

⑬嘉澍：及时雨。

⑭嘉平：农历十二月。

观音湖隧道工程建设记

遂宁城区南北狭长，东西蹙迫。自桓温以降，城镇皆囿于船山一隅。改革开放于兹，市区迅疾拓展，河东方兴未艾，但两地交通，或舟船迟滞，或车辆绕行，困厄愈益显露，社会发展受阻。

春风和煦，时不待人。市委市府定跨江发展之策，启动观音湖隧道工程。船山区委区府全面实施推进，殚精竭虑，夜寐夙兴。设计施工监理倾力协作，寒来暑往，工程终于如期告竣。

隧道隐通衢于水下，绽圣莲于湖中。长廊通幽，犹潜龙之梦；东西畅达，乘腾飞之风。兴观音之故里，创生态之名区。唯今日之担荷，留后世之余庆。是故谨以为记。

二〇一四年十月二日

玉龙路景观建设记

孟夏四月，玉龙路绿化景观工程如期告竣。斯路乃入市之门户，迎宾之通廊，领略城市品味之肇始，其意义毋庸赘言。半年于兹，建设者恪尽职守，终令玉龙路景观焕然一新。

如今玉龙路，宛若画轴展。车舆尘不起，林鸟鸣正欢。其景观层次分明，错落有致。望眼龙柏杜鹃簇拥，回眸紫薇银杏环抱。翠竹含烟，浓阴如水；怡红快绿，绮丽芳菲。令人赏心悦目，气爽神怡。

321

景观工程全长三点八公里，八万余平方；所植乔、灌、竹、草，选自省内外诸地，品类计八十余种；其规划建设之效果，较之昔日景观，似有出蓝之誉，建设者总结良多，是故谨以为记。

二〇〇七年五月

重建家园记

公元二〇一〇年元月三十一日，五时三十六分，斯时兹地，突然发生五级地震。彼时地动山摇，风凄水咽；房舍倾毁，路陷村隔。磨溪四村，一片惊骇。地震致一人死亡，一十六人受伤，三百另二间农舍倒塌，万余间房屋受损；危害亦波及道桥、水库、电讯设施。

地震虽不幸，人间有真情。时惟盛世，日丽风薰。省委省政府领导，莅临现场以抚慰；书记市长坐镇，深入灾区以指挥。续召公之棠树，践亲民之精神。社会各界鼎力助，属地干群齐同心；规划部署，修葺至臻。昔日破败不复在，美好家园焕然新。

触目青绿山水，是处春光融融。村舍俨然，阡陌葱茏。琉瓦映朝阳，绣窗临芳丛。橘树茂而凝露，橙花香而弥空。村姑莞尔笑，庭院闲老翁。前景无限好，感念谢东风。

磨溪地震如珍珠，缀入历史长链中。它记载了灾难与变化，寄托着追求与梦想，是对和谐内涵的诠释，闪耀着以人为本的光辉。家园已新生，前事勿相忘，是故谨以为记。

2010 年 4 月 26 日

附　楹联拾翠

一、涪江晚渡牌坊楹联

（一）涪江晚渡

碧水绕城垣，当年春江帆影，夕照烟霞，野渡依稀留画卷；
金风送丹桂，此地玉镜波光，曲栏诗酒，芳堤宛若通瀛洲。

（二）毓秀储芳

挹灵泉秀色，吸天地精华，先贤高风当记取；
寻阡陌芳菲，赏湖山胜景，后学余兴好流连。

（三）九莲明月

明月清辉，照十方世界庄严；观音故里，广德禅林，好乘慈航西去。
青山绿水，惟千载功勋神圣；志士英灵，黎民厚望，且看紫气东来。

（四）沐云涤月

岫飞奇霞，凭崇阁闲亭，寒暑四时寄雅兴；
蟾吐仙气，听梵音暮鼓，江天一色滤尘心。

[注]
涪江晚渡是遂宁市城区著名文化风景遗址，政府修葺滨江路时，特地

在原址规划修建了一座牌坊,名曰"涪江晚渡"。牌坊的正面,镌刻主联"涪江晚渡"、次联"毓秀储芳";另一面镌刻正联"九莲明月"、副联"沐云涤月"。

二、广德寺楹联

(一) 新山门牌坊主联

领三百伽蓝,幸十余敕封,历唐宋明清于兹,古寺乃千秋秀色;
沐九莲明月,行六度般若,发慈悲喜舍无量,禅门自万古澄空。

(二)新山门次联

船载夕阳迷岸柳,
雾淹古柏听禅钟。

三、茶楼①品茗楹联

(一)茶楼大门联

禅②悟一心,是处自有荆山玉③;
茶凝三昧④,何须他求赤水珠⑤。

[注]
①茶楼:蕴玉堂茶道馆,在遂宁市船山区介福东路。
②禅:禅那的简称,即静息思虑的意思。

③荆山玉：出自"和氏璧"典。卞和看见凤凰栖息在一块石头上，便将石头献给楚王，后来果然发现其中确有宝玉。

④三昧：又名三摩地，即"定"，把心住于一处而不散乱。

⑤赤水珠：黄帝巡游渡过赤水，登上昆仑山，却发现遗失玄珠，先后派出"知"（智者）、"离珠"（千里眼）、吃诟（明察穷理）寻找未果，最后派象罔（无形无象）终于寻到。黄帝曰："异哉，象罔乃可以得之乎！"（《庄子·天地第十二》）

（二）四时品茗联（四联）

流雾侵轩迷兰影，
飞泉落盏①寻暗香。

竹漏铄金叶如寐，
潭凝碧玉风自生②。

庭满菊英香满径，
杯余莲蕊味余衣。

寒拢彤云思雪韵，
细烹雀舌话梅魂。

[注]
①飞泉落盏：喻盖碗茶冲泡。
②潭凝碧玉风自生：典出唐茶亚圣卢仝《走笔谢孟谏议寄新茶》。

四、莲里公园楹联

(一)望月廊(三联)

云端画桥，好瞻仙姿桂影；
莲浦花树，漫浸幽梦月华。

[浅释]

廊桥高耸凌云，一轮明月似乎近在咫尺，若要瞻仰月宫中嫦娥美妙的姿容和月中的桂树，那么这里是最好的地方了。万籁俱寂，湖水中成片的莲荷与岸上的花丛树影，全都沉浸在银白色的月光中，恍若梦境中一样。

晨钟漾碧波，岸边杨柳添春色；
玉斧修金镜①，莲里素辉胜瀛洲。

[浅释]

晨风隐约送来寺庙的钟声，在湖面的碧波上荡漾着。岸边的杨柳在微风中飘拂，使人不禁想到观音大士净瓶中的柳枝，顿觉春光更加明媚。月亮今天分外浑圆明亮，传说那是仙人用玉斧修补好的，这是多么令人神往呀，洁白的月光照临莲里，情景美不胜收，真要胜过那蓬莱仙山的瀛洲呢！

金镜，喻明月，多见于宋词，玉斧典出《列子》。

月白风清，携手曲径寻桂子；
叶圆香远，放舟平湖赏莲华。

［浅释］

皓月清风,正是苏东坡描绘的情景,在这美妙的时刻,情侣们携手漫步在小路上,沿着曲径,通向幽寂的林荫。传说月中的桂树,会在人间落下桂子,或许他们正在寻找吧! 湖边圆圆的荷叶,透出一阵阵清香,老远都能闻到。如此良辰美景,不如乘上一艘小船,去湖面随波荡漾,率性欣赏盛开的莲花吧!

（二）流芳亭

青盖莹珠,遗尘凌波仙子;
琼枝玉树,牵袖拾翠游人。

［浅释］

青翠如盖的荷叶上面,滚动着晶莹的露珠,散发出阵阵清香。曹植在《洛神赋》中说仙女洛神"凌波微步,罗袜生尘",如今荷叶的清香,也许就是当年洛神仙子遗留下来的吧! 而景区里那些嘉树蔓枝,似乎也满怀情意,纷纷伸出枝条,牵挂住了寻芳拾翠的游人衣袖,想是要挽留他们哩!

"凌波仙子",化用曹植《洛神赋》。"尘",即香气、香尘,也即所流之芳。"青盖""琼枝玉树",均出自宋词;"牵衣(袖)",出自唐诗;"拾翠",出自(唐)杜诗。

（三）倦客留听廊

庭柳雨声,听谢公雅意;
汀荷月色,疑倦客潇湘。

［浅释］

淅淅沥沥的细雨,淹没了庭院中的柳树。"柳"其实就是"留"的意思,所以古人折柳赠别。雨声,柳树,莫非是想留住这庭院中的雅客? 这使人不禁想起东晋的谢安来。当年他运筹帷幄,其侄谢玄率领 8 万人,淝水一役打败了前秦苻坚的百万大军。可是后来他被权臣所嫉,所以萌生了归隐之意。苏东坡把他这种志趣称之为雅志。莲里应该是谢公退隐的好地方吧？天气晴朗的夜晚，月上中天，洁白的光辉照临大地，汀渚上亭亭玉立的荷盖，在微风中摇曳，这样美妙的地方，难道真的就是谢公这些倦于宦途的雅士们，梦寐以求的潇湘吗？

　　"潇湘"之水发源于广东，流经湖南。泛指环境优美或高士归隐之地。

　　后记：遂宁河东新区新建公园，文友漆丰为公园起名曰"莲里。"余受委托撰写其中几联，幸被采用，当时为便于理解，为各联添写了浅释，聊代小注，兹一并收录。

五、大觉寺楹联

（一）山门楹联

兰若月华浸圆觉，
娑婆柯梦聆梵音。

（二）竹林居楹联

　　"竹林居"容易使人误以为是用"竹林精舍"典，其实不然。竹林精舍是佛教史上的第一座寺庙，是供佛说法的道场，除佛陀居住外，还为僧众提供栖所。而大觉寺的竹林居，是供寺庙接待和研讨交流佛法的场所。

竹下煎茶开三径，
林中放鹤著五衣。

(三)钟楼楹联

山应谷响清音远，
殿回磬声旭日迟。

(四)鼓楼楹联(二联)

漏漫加持静修客，
梦中唤醒迷路人。

日暮林鸟惊寺鼓，
夜阑鸡窗透蛙鸣。

(五) 云集堂楹联

雨润青松，山麓春光迎远客；
钟鸣禅寺，草溪碧树挽白云。

(六) 其他楹联 (四联)

污淖绽净莲，身寄尘劳，日常事业皆大道；
蜡梅生寒土，树迎漫雪，圆觉妙心溢清香。

遗构重新，万壑烟霞归故地；
禅林再盛，十方国土向慈航。

空山禅寺远钟，最宜于明心见性；
朗月茂林修竹，好领略漱石枕流。

千里舍家，终迷春池瓦砾；
十年磨镜，顿现本地风光。

二〇一九年九月二十七日

六、卧龙山公园楹联（十一联）

最是波光风好处，
恰如西子靥开时。

几缕松风传晚磬，
半坡夕照映枫林。

蓬海梦魂里，
湖山烟雨中。

今古同名，先圣出隆中，千秋勋业永垂范；
湖山相似，后侪兴巴蜀，万卷画图当鞠躬。

层峦茂竹，碧水烟霞；刘郎①不识应犹悔。
曲径芳枝，画船诗酒；倦客②于兹胡不归。

[注]

①刘郎：东汉时，刘晨与阮肇去天姥山采药，遇到两位仙女，于是便留在那里。过了半年，两人思念家乡，回家后才发现子孙已过了七代。

②倦客：典出周邦彦《满庭芳》词"憔悴江南倦客，不堪听，急管繁弦。歌筵畔，先安枕簟，容我醉时眠"。

幽竹张弦，曾弹凤曲求凰①，清风犹自吟白首②；
雎鸠鸣岸③，遥想桑中④携侣，明月依然照玉人。

[注]

①凤曲求凰：卓文君新寡，司马相如作《凤求凰》曲。

②吟白首：司马相如欲纳妾，卓文君作《白头吟》，其中有"愿得一心人，白头不相离"。相如遂有愧意。

③雎鸠鸣岸：典出《诗经》"关关雎鸠，在河之洲"。

④桑中：典出《诗经·桑中》"期我乎桑中，要我乎上宫，送我乎淇之上矣"。

极目层楼，可领略长桥广厦，澄练绿畴，蜀中古邑繁华丰采；
由心信步，莫辜负丽日和风，苍松翠竹，龙背幽林恬淡闲情。

林泉约后吃茶去，
暮霭垂时看鸟归。

若有虑时观流水，
于无声处听梵音。

是树是台，闻磬扣心意能恬否？
非鱼非我①，喋花戏柳人或乐乎？

[注]

①非鱼非我：庄子与惠子游于濠梁，庄子谓鱼游从容，是鱼之乐。惠子曰："子非鱼，安知鱼之乐？"庄子答曰："子非我，安知我不知鱼之乐。"

昔日高僧定似峨，千载始闻棋子落①；

何方仙侣欢如鹊②，刹那又道局牌和。

[注]

①千年始闻棋子落：晋樵夫王质，在山中石室看仙人下棋。一局未了，其斧柄已腐朽，回家才知世上已过了数代，他感叹道："山中方一日，世上几千年。"

②何方仙侣欢如鹊：指公园里的年轻游客、情侣。

后　记

　　余插队山乡十有二年,少有书读,返城后,复囿于稻粱之谋,碌碌终日,故所作词赋,蒲柳之姿难免,唯乞编者,或可贲饰补拙于后。

　　余以为,开本宽裕,可壮小店之门庭;编排疏朗,能彰吾侪之胸襟。封面文人遗画,重温丘壑纵横;满目云烟袅袅,寄托谢公雅兴。色惟收敛,无意掩浅薄之实;图忌张扬,不敢图虚华之名。书名龙蛇腾跃,集自前贤法书;笔端元气淋漓,仿佛少壮豪情。句读横排,方显古趣新意;题记单列,犹似餐前清茗。篇前"插队山乡图",堪忆当年况味;篇末"联赋池塘影",自喻秋月浮云。印数宜少,可充泮宫之橱隅,资学子参阅之凭;自求不多,聊赠丘壑之同俦,慰白首缅怀之心。刍荛之议,君自量裁;花开花落,随缘任运。

　　嗟夫,一册词赋集,中有千千结。幸得渔父引,絮语向君说。长夜荧灯暗,卷帙空箱篚。不尽感激意,恰似江天阔。

王克湘谨启
辛丑年秋末

广德禅寺丛林

栖神幽谷，领略高蹈之逸风；养性山中，留连古德之圣迹；体悟禅林之境界，寻觅孔颜之乐处。彼时心无挂碍，虚静湛然，其无限风光，尽收眼底。

（《广德观音道场序》摘录）

广德禅寺山门

领三百伽蓝，幸十余敕封，历唐宋明清于兹，古寺乃千秋秀色；
沐九莲明月，行六度般若，发慈悲喜舍无量，禅门自万古澄空。

（广德禅寺楹联）

龙凤古镇门楼

　　登门楼兮思悠悠，睹古镇兮古意稠。旭日浸春水，流霞伴鹭鸥。酒旗迎宾客，画船渡芳洲。楼阁含烟岁月远，琉瓦蒙尘日色收。

（《龙凤古镇赋》摘录）

龙凤古镇赋刻石

　　韶华开新序，古镇焕容光；游人纷沓至，淑气绕农庄。少女西向望白雀，皓首对客说沧桑。追千古兮发幽思，观丽景兮意徜徉。

（《龙凤古镇赋》摘录）

大觉禅寺竹林居

竹下煎茶开三径，林中放鹤著五衣。

（大觉寺竹林居楹联）

大觉禅寺钟楼

山应谷响清音远，殿回磬声旭日迟。

（大觉寺钟楼楹联）

莲里公园流芳亭

青盖莹珠，遗尘凌波仙子；琼枝玉树，牵袖拾翠游人。

（莲里公园流芳亭楹联）

船山体育馆

　　美哉壮哉，何来之馆？披西山之烟霞，临渠水之涟漪；雄踞开阔之平野，晖映浩杳之碧空。层台重构，拔地高耸；华楹玉阶，荷盖辛栋。迫而察之，俨然斗舰泊锚停江渚；远而望之，宛若鲲鹏奋翼向苍穹。美哉壮哉，船山之馆！

（《船山体育馆赋》摘录）

涪江晚渡牌坊

碧水绕城垣，当年春江帆影，夕照烟霞，野渡依稀留画卷；
金风送丹桂，此地玉镜波光，曲栏诗酒，芳堤宛若通瀛洲。

（遂州涪江晚渡牌坊楹联）

禅悟一心，是处自有荆山玉；茶凝三昧，何须他求赤水珠。

（遂州蕴玉堂楹联）

蕴玉堂茶道馆

遇茶吃茶，遇饭吃饭。心与道合，境与理契；吃茶吃饭，自有禅趣。不妄驰求，泯除心机；随缘任运，自在如意。劳作之余，君若闲来无事，或听赵州语：蕴玉堂，吃茶去！

（《蕴玉堂记》摘录）